우리가 정말 알아야 할 우리 고전

유충렬전

우리가 정말 알아야 할 우리 고전 기획 위원

고운기 I 한양대학교 문화콘텐츠학과 교수
김현양 I 명지대학교 방목기초교육대학 교수
정환국 I 동국대학교 국어국문학과 교수
조현설 I 서울대학교 국어국문학과 교수

우리가 정말 알아야 할 우리 고전
유충렬전

초판 1쇄 발행 I 2006년 4월 20일
초판 4쇄 발행 I 2014년 12월 19일

글 I 김현양
그림 I 장선환
펴낸이 I 조미현

펴낸곳 I (주)현암사
등록 I 1951년 12월 24일 · 제10-126호
주소 I 121-839 서울시 마포구 동교로12안길 35
전화번호 I 365-5051 · 팩스 I 313-2729
전자우편 I 1318@hyeonamsa.com
홈페이지 I www.hyeonamsa.com

ISBN 978-89-323-1378-8 03810

우리가 정말 알아야 할 우리 고전

글 _ 김현양   그림 _ 장선환

유충렬전

현암사

우리 고전 읽기의 즐거움

문학 작품은 사회와 삶과 가치관을 총체적으로 담고 있는 문화의 창고이다. 때로는 이야기로, 때로는 노래로, 혹은 다른 형식으로 갖가지 삶의 모습과 다양한 가치를 전해 주며, 읽는 이에게 기쁨과 위안을 주는 것이 문학의 힘이다.

고전 문학 작품은 우선 시기적으로 오래된 작품을 말한다. 그러므로 낡은 이야기일 수 있다. 그러나 그 속에 담긴 가치와 의미는 결코 낡은 것이 아니다. 시대가 바뀌고 독자가 달라져도 고전이라는 이름으로 여전히 많은 사람에게 읽히는 작품 속에는 인간 삶의 본질을 꿰뚫는 근본적인 가치가 담겨 있다. 그것은 시대에 따라 퇴색되거나 민족이 다르다고 하여 외면될 수 있는 일시적이고 지역적인 것이 아니다. 시대와 민족의 벽을 넘어 사람이면 누구나 공감할 수 있는 보편적이고 세계적인 것이다. 그렇기 때문에 우리가 톨스토이나 셰익스피어 작품에서 감동을 느끼고, 심청전을 각색한 오페라가 미국 무대에서 갈채를 받을 수도 있다.

우리 고전은 당연히 우리 민족이 살아온 삶의 궤적을 담고 있다. 그 속에 우리의 지난 역사가 있고 생활이 있고 문화와 가치관이 있다. 타인에게 관대하고 자신에게 엄격한 공동체 의식, 선비 문화 속에 녹아 있던 자연 친화 의식, 강자에게 비굴하지 않고 고난에 굴복하지 않는 당당하고 끈질긴 생명력, 고달픈 삶을 해학으로 풀어내며 서러운 약자에게는 아름다운 결말을 만들어 주는 넉넉함…….

사람과 사람, 사람과 자연의 '어울림'을 중요하게 생각했던 우리의 가치관은 생활 속에 그대로 녹아서 문학 작품에 표현되었다. 우리 고전 문학 작품에는 역사가 기록하지 않은 서민의 일상이 사실적으로 전개되며 우리의 토속 문화와 생활, 언어, 습속이 구체적으로 드러난다. 작품 속 인물들이 사는 방식, 그들이 구사하는 말, 그들의 생활 도구와 의식주 모든 것이 우리의 피 속에 지금도 녹아 흐르고 있음이 분명하지만 우리 의식에서는 이미 잊힌 것들이다.

그것은 분명 우리 것이되 우리에게 낯설다. 고전을 읽음으로써 우리는 일상에서 벗어나 그 낯선 세계를 체험하는 기쁨을 얻게 된다. 몰랐던 것을 새롭게 아는 것이 아니라 잊었던 것을 되찾는 신선함이다. 처음 가는 장소에서 언젠가 본 듯한 느낌을 받을 때의 그 어리둥절한 생소함, 바로 그 신선한 충동을 우리 고전 작품은 우리에게 안겨 준다. 거기에는 일상을 벗어났으되 나의 뿌리를 이탈하지 않았다는 안도감까지 함께 있다. 그것은 남의 나라 고전이 아닌 우리 고전에서만 받을 수 있는 선물이다.

우리 고전을 읽어야 한다는 데는 이미 많은 사람이 공감한다. 고전 읽기를 통해서 내가 한국인임을 자각하고, 한국인이 어떻게 살아 왔으며, 어떻게 살아가야 할지 알게 하는 문화의 힘을 느낄 수 있다.

하지만 고전은 지난 시대의 언어로 쓰인 까닭에 지금 우리가, 우리의 청소년이 읽으려면 지금의 언어로 고쳐 쓰는 작업이 반드시 선행되어야 한다. 우리가 쉽게 접하는 세계의 고전 작품도 그 나라 사람들이 시대마다 새롭게 고쳐 쓰는 작업을 거듭한 결과물이다. 우리는 그런 작업에서 많이 늦은 것이 사실이다. 이제라도 우리 고전을 새롭게 고쳐 쓰는 작업을 할 수 있는 것은 우리의 문화 역량이 여기에 이르렀다는 반증이다.

현재 우리가 겪는 수많은 갈등과 문제를 극복할 해결의 실마리를 고전 속에서 찾을 수 있다고 확신하면서 우리 고전을 지금의 언어로 고쳐 쓰는 작업을 시작한다. 이 작업은 여기에서 멈추지 않고 앞으로도 시대에 맞추어 꾸준히 계속될 것이다. 또 고전을 읽는 데서 끝나지 않을 것이다. 우리 고전은 우리의 독자적 상상력의 원천으로서, 요즘 시대의 화두가 된 '문화 콘텐츠'의 발판이 되어 새로운 형식, 새로운 작품으로 끝없이 재생산되리라고 믿는다.

'우리가 정말 알아야 할 우리 고전'을 기획하면서 우리는 다음과 같은 몇 가지 원칙을 세웠다.

먼저 작품 선정에서 한글·한문 작품을 가리지 않고, 초·중·고 교과서에 수록된 작품을 우선하되 새롭게 발굴한 것, 지금의 우리에게도 의미 있고 재미있는 작품을 포함시키기로 하였다.

그와 함께 각 작품의 전공 학자들이 적극적으로 참여하여 판본 선정과 내용 고증에 최대한 정성을 쏟았다. 아울러 원전의 내용과 언어 감각을 훼손하지 않으면서도 글맛을 살리기 위해 윤문 과정을 여러 차례 거쳤다.

마지막으로 시각 효과를 높이기 위해 내용에 맞는 그림을 곁들였다. 그림만으로도 전체 작품의 흐름을 알 수 있도록 화가와 필자가 협의하여 그림 내용을 구성했으며, 색다른 그림 구성을 위해 순수 화가와 사진가를 영입하였다.

경험은 지혜로운 스승이다. 지난 시간 속에는 수많은 경험이 농축

된 거대한 지혜의 바다가 출렁이고 있다. 고전은 그 바다에 떠 있는 배라고 할 수 있다.

자, 이제 고전이라는 배를 타고 시간 여행을 떠나 보자. 우리의 여행은 과거에서 출발하여 앞으로 미래로 쉼 없이 흘러갈 것이며, 더 넓은 세계에서 더 많은 사람을 만나며 끝없이 또 다른 영역을 개척해 갈 것이다.

2004년 1월
기획 위원

글 읽는 순서

영웅의 출생

중국 명明나라 영종황제가 즉위했을 때는 왕실의 힘이 매우 약했다. 그래서 국법이 잘 시행되지 않았으며, 이 틈을 타고 남쪽과 북쪽의 오랑캐가 강성해졌다. 이들 오랑캐가 중국에 반역할 뜻을 품고 위협하자 황제는 도읍을 남경*에서 다른 곳으로 옮기려 했다. 그때 마침 창해국*에서 임경천이라는 사신이 오니, 황제는 그에게 도읍 옮기는 일을 의논하셨다. 황제의 말을 듣고 임경천이 아뢰었다.

"소신小臣이 산천의 기운을 헤아려 보니 지금 황제가 계신 이곳이 가장 좋습니다. 천하의 명산인 남악 형산을 주산主山으로 창오산과 구의봉이 둘러 있고 광활한 소상강 동정호가 앞에 있으니 왕업王業이 대대로 번성할 것이옵니다. 또한 하늘의 별을 바라보니 북두칠성의 정기가 남경으로 내려오고 삼태성三台星 별빛이 황성을 비추며 자미원 대장성大將星이 남방으로 떨어졌습니다. 이는 조만간 신기한 영웅이 태어나 나라를 굳건히 할 조짐이니, 폐하께서는 작은 근심거리 때문에 대대로 도읍으로 내려온 이곳을 두고 다른 곳으로 옮겨갈 생각을 마

---

* 남경(南京) | 중국 명나라의 도읍.
* 창해국(蒼海國) | 신선(神仙)이 산다는 가상의 나라. 여기서는 중국의 제후국.

시옵소서."

황제가 이 말을 들으니 마음이 상쾌하고 편안했다. 이에 도읍 옮기는 일을 그만두고 나라를 잘 다스리니, 시절이 태평하고 백성의 마음이 편안했다.

조정에 정언正言 주부注簿 벼슬하는 유심이라는 신하가 있었다. 유심은 명문의 후예로 벼슬이 끊이지 않았으며, 그 사람됨이 정직하고 성품이 강직했다. 한마음으로 나라에 충성하니 국록國祿이 적지 않아 재산이 풍족했으며, 집안 또한 화평하니 세상 사람들이 모두 그의 부귀와 공명을 칭송했다. 그러나 다만 슬하에 자식이 없어, 이를 한탄하여 일 년에 한 번 조상님께 제사 지낼 때마다 홀로 앉아 울면서 탄식하곤 했다.

"슬프다! 내 무슨 죄가 있어 자식이 없는고. 세상이 좋다 한들 좋은 줄 어찌 알며 부귀영화를 누리되 이를 어찌 알겠는가. 내가 죽어 청산에 묻혀 백골白骨이 되면 누가 이를 거둘 것이며, 조상님의 제사는 누가 지내겠는가."

유심이 하염없이 눈물 흘리며 서러워하니, 부인 장씨 또한 가슴 깊이 슬픔에 젖어 말했다.

"상공相公께서 자식이 없는 것은 모두 제가 복이 없는 까닭이옵니다. 첩의 죄를 따진다면 벌써 버리셨을 것이지만, 상공의 은덕으로 지금까지 곁에 있사오니 부끄러울 따름이옵니다. 들으니 남악 형산이 천하 명산이라 하옵니다. 수고롭다 생각하지 말고 산신께 정성껏 소원을 빌어 보면 어떻겠습니까."

"팔자에 없는 자식을 빌어서 낳을 수만 있다면 세상에 자식 없는 사람이 어디 있겠소."

"당연한 말씀이오나 공자님도 이구산에 빌어 낳았고, 정鄭나라 정자산도 우성산에 빌어 낳았으니, 우리도 빌어 보십시다."

유심이 이 말을 듣고 삼칠일三七日 동안 마음과 몸을 깨끗이 하고, 하얀 소복素服을 정성껏 만들어 마련하고, 온갖 제물을 갖추고, 축문* 또한 별도로 지어 가지고 장부인과 함께 남악산을 찾아갔다.

남악산을 찾아가니 그 산세가 웅장했다. 높은 봉우리마다 푸른 소나무 울창하여 옛 모습을 띠고 있고, 강물은 잔잔하여 거문고 타는 소리를 돋운다. 칠천십이봉은 구름 밖으로 솟아 있고, 층암절벽 위로는 온갖 꽃이 다 피었다. 소상강 아침 안개 동정호로 돌아가고 창오산 저문 구름 호산대로 돌아든다. 강수성을 바라보며 버드나무 가지 부여잡고 육칠 리를 들어가니 연화봉이 나타난다. 꼭대기에 올라서서 사방을 살펴보니, 옛날 하우씨*가 구 년 동안 홍수를 다스리기 위해 층암절벽을 팠던 터가 분명하게 남아 있고, 산천이 매우 엄숙한 곳에 천제당을 높이 쌓고 흰말을 잡아 제사 지내던 곳이 뚜렷했다. 계곡의 깊은 물을 돌아보니 옛날 위부인이 선동仙童 오륙 인을 거느리고 도를 닦던 일층단

* 축문(祝文) | 제사를 지낼 때 귀신에게 아뢰려고 읽던 글.
* 하우씨(夏禹氏) | 중국 고대의 신화적 인물로, 치수(治水)를 잘해 순(舜)임금의 뒤를 이어 임금이 되었다.

이 무너져 있었다.

일층단을 다시 쌓고 제삿밥을 정결히 담아 마련한 후 장부인은 단 아래에 꿇어앉고 유심은 단 위에 꿇어앉아 향을 피우고 축문을 꺼내어 맑은 목소리로 하늘에 빌었다.

유세차* 갑자년 갑자월 갑자일에 명나라 동성문 안에 사는 유심은 형산 신령님 앞에 비나이다. 아, 슬프옵니다! 저는 명나라 태조께서 나라를 세울 때 공을 세운 신하의 후손입니다. 조상의 은덕으로 부귀를 누리며 몸은 아무 탈 없이 편안하나, 나이가 인생의 절반이 넘도록 자식이 없습니다. 그러니 이 몸 죽은 후 백골은 누가 묻어 주며 조상의 제사는 누가 모시겠습니까. 저 유심은 인간에서는 죄인이요, 지하에서는 악귀가 될 것이옵니다. 이러한 일을 생각하면 원한이 마음에 가득 차옵니다. 그러므로 정성으로 신령님 앞에 소원을 비오니, 하늘은 감동하시어 자식 하나를 점지해 주옵소서.

빌기를 마치니, 정성이 지극하면 하늘도 감동하는 법이라. 어찌 무심하리오. 오색구름이 사방으로 피어오르더니 백발의 신령이 일제히 하늘에서 내려와 정결한 제물을 모두 다 받아먹는다. 이는 참으로 좋은 징조라. 어찌 귀한 자식을 두지 못하겠는가.

장부인은 형산에서 빌기를 다한 후에 늘 마음으로 태기胎氣가 있기를 고대했다. 그러던 어느 날 한 꿈을 꾸었는데 하늘에 오색구름이 영롱하더니 한 선관仙官이 청룡을 타고 내려와 장부인에게 말했다.

"나는 청룡을 다스리는 선관이었습니다. 하늘의 익성翼星이 무도하기에 옥황상제께 아뢰어 익성의 죄를 물어 다른 곳으로 귀양을 보냈는데, 백옥루에서 잔치할 때 익성이 달려들어 서로 싸우게 되었습니다. 이 때문에 옥황상제께 죄를 짓고 인간 세상으로 쫓겨나 갈 곳을 모르다가 남악산 신령들이 장부인 댁으로 가라고 지시하기에 왔사오니 장부인은 사랑하고 불쌍히 여기옵소서."

말을 마치자, 타고 온 청룡을 오색구름 사이로 돌려보내더니 장부인 품으로 달려들었다. 장부인이 놀라 잠에서 깨니 한바탕의 황홀한 꿈이었다. 정신을 진정한 후 유심를 불러 꿈꾼 일을 말하니, 유심의 즐거운 마음은 비할 데 없었다.

유심이 장부인을 위로하고 아들 낳기를 진심으로 바라더니 과연 그달부터 태기 있어 열 달이 지나자 옥동자를 출산했다. 온 방 안은 향기 나고 문밖에는 상서로운 기운이 뻗쳤다. 밝은 빛이 땅에 가득 퍼지고 상서로운 광채가 온 하늘에 가득 찼는데, 한 선녀가 오색구름 속에서 내려와 장부인 앞에 무릎을 꿇더니 백옥白玉으로

* 유세차(惟歲次) | '간지(干支)에 따라 정해진 해를 말하면'의 뜻으로, 제문(祭文)의 첫머리에 쓰는 말.

만든 상에 놓인 과실을 장부인에게 주며 말했다.

"소녀는 하늘나라의 선녀이옵니다. 오늘 옥황상제께서 분부하시기를 자미원 대장성이 남경 유심의 집에 환생했으니 바삐 내려가 산모를 돌보고 아기를 잘 거두라 하셨습니다. 백옥으로 만든 병에 든 향기로운 물을 부어 아기를 씻기시면 모든 병이 없어지고 유리로 만든 주머니에 있는 과실을 산모가 잡수시면 죽지 않고 오래도록 살 것이옵니다."

장부인이 이 말을 듣고 유리 주머니에 있는 과실을 모두 쥐니 선녀가 말했다.

"이 과실 세 개 중에 하나는 부인이 잡수실 것이고 또 하나는 공자公子를 먹일 것이고 남은 하나는 나중에 유주부가 잡수실 것입니다. 옥황상제께서 각각 임자를 정해 놓으셨는데 어찌 다 잡수시려 하옵니까?"

선녀는 부인에게 과실 한 개를 먹게 한 후 향기로운 물을 부어 옥동자를 씻겨 비단 이불 속에 뉘여 놓고는 장부인께 하직하고 오색구름 속에 싸여 돌아갔다. 그런 후에도 하늘에 서려 있던 상서로운 기운이 없어지지 아니했다.

장부인이 선녀를 보낸 후에 일어나 앉으니 정신이 상쾌하고 맑은 기운이 그 전보다 배나 더했다. 유주부를 불러들여 아기를 보이며 선녀가 하던 말을 낱낱이 전하니, 유주부가 공중을 향하여 옥황상제께 감사했다.

아기를 살펴보니 그 생김새가 웅장하고 기이했다. 이마가 매우 넓고 얼굴이 뚜렷하며 초승달 같은 두 눈썹은 강산 정기를 쏘였다. 밝은 달 같은 앞가슴은 천지조화天地造化를 품었으며, 봉황鳳凰의 눈은 두 귀밑을 돌아보고, 일곱별에 쌓인 다섯 봉우리처럼 오똑한 코와 빛나는 눈이 번듯했다. 북두칠성 맑은 별은 두 팔뚝에 박혀 있고, 대장성이 뚜렷하게 앞가슴에 박혀 있으며, 삼태성이 등 위에 떠 있는데, 붉은색 글자로 '대명국大明國 대사마大司馬 도원수都元帥'라 은은히 박혀 있으니, 그 웅장하고 기이함은 일찍이 보지 못한 것이었다.

유주부가 기운이 상쾌하여 장부인을 돌아보며 말했다.

"이 아이의 상相을 보니 하늘나라에서 이곳으로 귀양 온 것이 틀림없고 만고의 영웅이 분명하다. 예전에 황제께옵서 도읍을 옮기고자 하여 창해국 사신 임경천에게 물으니, 임경천이 북두의 정기는 남경에 하강하고 자미원 대장성이 황성에 떨어졌으니 머지않아 신기한 영웅이 태어나리라고 아뢴 일이 있는데, 이 아이가 바로 그 영웅이 분명하니 어찌 아니 즐겁겠는가. 오래지 않아 대장 절월*을 허리에 비스듬히 차고 상장군 인수*를 금주머니에 넌짓 넣어 부귀영화富貴榮華는 가문을 빛내고 용맹한 기운과 영웅다운 풍모가 온 세상을 진동할 것이니, 그 누가 이를 칭찬하지 않겠는가. 산신의 크신 은덕을 죽은 뒤에라도 잊기 어려우니 백골이 된다 한들 어찌 잊겠는가."

유심은 아이의 이름은 충렬이라 하고 자는 성학이라 하였다.

---

* 절월(節鉞) | 임금이 적을 치러가는 장수에게 내려 주던 것. 절은 수기(手旗)와 같고 부월(斧鉞)은 도끼같이 만든 것으로, 이 둘은 대장을 상징하는 것이다.
* 인수(印綬) | 옛날에 관리가 몸에 지녔던 도장과 그 끈.

고난을 넘어서

세월이 물과 같이 흘러 충렬이 일곱 살이 되니, 그 골격이 빼어날 뿐만 아니라 뛰어나게 총명했다. 글씨는 왕희지*요, 문장은 이태백*이며, 무술과 지략은 중국의 뛰어난 병법가인 손무孫武와 오기吳起보다 나았다. 세상의 이치를 꿰뚫어 보아 마음속에 품어 두고 국가의 흥망성쇠를 손안에 움켜쥐었으며, 말달리기와 칼 쓰는 재주 또한 뛰어나 천신天神이라도 당하지 못할 정도였다.

아, 슬프도다! 시운時運이 불행한 것인가, 조물造物이 시기한 것인가. 유심이 대대로 부귀가 지극하더니, 시운이 다해 불행이 닥쳤으니 이를 어찌 피할 수 있겠는가.

조정에 정한담과 최일귀라는 두 신하가 있었다. 이들은 원래 하늘나라 익성翼星이었는데, 자미원 대장성과 백옥루 잔치에서 싸운 죄로 옥황상제에게 벌을 받아 인간 세상에 내려와 명나라 황제의 신하가 되었다. 본래 하늘에서 내려왔으므로 지략이 뛰어나고 술법이 신묘했다.

---

* 왕희지(王羲之) | 중국 진(晉)나라 때의 서예가. 명필(名筆)로 유명했다.
* 이태백(李太伯) | 중국 당(唐)나라 때의 대 시인.

그런데다 금산사 옥관도사를 데려다가 별당에 두고 술법을 배웠으니 누구도 당하지 못할 용맹을 지니게 되었으며 백만 군대를 지휘하는 장수의 재주를 갖게 되었다. 하지만 높은 벼슬에 있었으나 성질이 포악하기 이를 데 없었다. 백성의 삶과 죽음이 그들의 손안에 놓여 있었으며 한 나라의 권세가 그들의 손끝에 달려 있었으니, 중국 초나라 회왕 때의 항우*나 당나라 현종 때의 안녹산*과 같은 존재들이었다. 평생토록 황제의 자리를 차지하고자 마음속으로 도모하였으나 정언 벼슬하는 유심의 직간直諫과 퇴임한 재상 강희주의 상소를 꺼려 중지하고 있었다.

영종황제 즉위 초였다. 주변의 여러 나라 왕이 각각 사신을 보내어 조공*을 바치었으나 오직 토번과 가달만이 자신들의 힘을 믿고 황제를 능멸해 조공을 바치지 아니하였다. 정한담과 최일귀 두 사람이 이에 황제에게 아뢰었다.

"폐하께서 즉위하신 후에 그 은덕을 모든 백성에게 베푸시고, 그 위엄을 온 세상에 떨치셨습니다. 주변의 여러 나라가 모두 다 조공을 바치는데 오직 토번과 가달이 힘만 믿고 천명*을 거역하고 있습니다. 소신 등이 비록 재주 없사오나 남쪽의 오랑캐에게 항복을 받아내어 충신이 되어 돌아온다면 폐하의 위엄은 남방에 가득할 것이고 소신의 공명 또한 후세에 전해질 것이옵니다. 엎드려 바라건대 폐하께서는 깊이 생각하옵소서."

황제가 늘 남쪽 오랑캐가 강성함을 근심하고 있다가 이 말을 듣고는 크게 기뻐하며 말했다.

"경의 마음대로 기병起兵하라."

그때 마침 유심이 조회朝會하고 나오다가 황제가 하는 말을 듣고는 앞에 나아가 엎드려 아뢰었다.

"폐하께서 남적을 치려고 군대를 일으키신다는 말씀을 들었습니다. 그렇게 말씀하셨습니까?"

"정한담이 주청奏請하기에 그리하라 하였노라."

"폐하 어찌 그리 정신없이 허락하셨습니까? 왕실은 미약하고 외적은 강성하니 이는 자고 있는 호랑이를 건드리는 것이고 덫에 들어오는 토끼를 놓치는 것입니다. 한낱 새 알 하나가 어찌 천근이나 되는 무게를 견딜 수 있겠습니까? 가련한 백성의 목숨이 백 리 전쟁터에서 외로운 혼이 되면 이 어찌 악업惡業을 쌓는 일이 아니겠습니까? 엎드려 바라옵건대 기병하시면 아니 되옵니다."

황제가 그 말을 듣고 여러 가지로 의심이 들어 결정하지 못하고 있을 때에 정한담과 최일귀가 함께 아뢰었다.

"유심의 말을 들으니 죽여도 아깝지 않을 자요, 오국의 간신과 같은 무리이옵니다. 대국大國을 저버리고 적국만 칭찬하여, 개미의 무리를

* 항우(項羽) | 강동(江東)에서 일어나 진(秦)나라 황제를 죽이고 초패왕(楚覇王)이 된 인물. 해하(垓下)의 싸움에서 유방(劉邦)에게 패하자 자살했다.
* 안녹산(安祿山) | 당(唐)나라 현종(玄宗)의 총애를 받았으나 벼슬이 하동(河東) 지방의 절도사에 이르자 군사를 일으켜 연(燕)나라를 세우고 스스로를 웅무황제(雄武皇帝)라 칭한 인물.
* 조공(朝貢) | 종속국이 종주국에 때를 맞추어 예물을 바치던 일. 또는 그 예물.
* 천명(天命) | 하늘이 정해 준 운명.

이십삼

대국에 비하고 한낱 새알을 폐하에게 비하니 간신 중에 간신이요 만고에 역적이옵니다. 유심이 가달을 못 치게 하니, 가달과 내통하고 있는 것이 분명하옵니다. 유심의 목을 먼저 베고 가달을 쳐야 하옵니다."

정한담과 최일귀의 주청을 황제가 허락했다.

유심을 죽인다는 말을 듣고 한림학사 왕공열이 땅에 엎드려 아뢰었다.

"주부 유심은 개국공신開國功臣 유기의 손자로 그 사람됨이 정직하고 그 마음이 충직한 자이옵니다. 남적을 쳐서는 안 된다는 이 당연하고 사리에 맞는 말을 죄로 여기시어 충신을 죽이시면 앞으로 폐하께 직간할 신하가 없을 것이옵니다. 또한 태조 황제 사당 안에 유상공의 신주神主도 함께 모셨는데, 유심을 죽이면 봄가을로 제사 지낼 적에 무슨 면목으로 뵐 수 있겠습니까. 폐하께서는 깊이 생각하시어 유심의 죄를 용서해 주옵소서."

황제는 이 말을 듣고 정한담을 돌아보았다.

"유심의 죄를 생각하면 만 번 죽여도 애석하지 않으나 개국공신의 후손이오니 유배를 보내시는 것이 좋겠습니다."

정한담의 말을 황제가 옳게 여겨 유배를 명하셨다.

"황성 밖으로 멀리 귀양 보내라."

정한담이 황제의 명령을 받들어 승상부에 높이 앉아 유심을 잡아내어 죄를 물었다.

"너의 죄를 생각하면 먼저 머리를 베어 버리는 것이 당연하나 망극하신 폐하의 은덕으로 네 목숨을 살려 주니 이후에 다시는 그런 말을 마라."

정한담이 유배지를 연경으로 정하며 말했다.

"어서 바삐 떠나거라. 만일 더 이상 잔말을 하면 능지처참*하리라."

유심이 이 말을 듣자 분한 마음이 솟구쳐 올랐다.

"내 무슨 죄가 있어 연경으로 간단 말이냐. 왕망*이 정사를 맡아봄에 한나라 왕실이 미약해지고, 동탁*이 난을 일으키니 충신이 다 죽었다. 나 죽은 후에 내 눈을 빼어 동쪽 문에 높이 매달아 놓으면 가달국 적장敵將 손에 네 머리가 떨어지는 꼴을 똑똑히 보리라. 내 죽어 지하로 돌아가지만 오자서*의 충혼만은 부끄럽게 하지 마라."

정한담이 이 말을 듣더니 분한 마음이 솟구쳐 올랐다.

"어명이 이러한데 무슨 변명을 하느냐?"

대궐문으로 들어가 금부도사에게 유심을 채찍질하여 연경으로 가라며 성화같이 재촉했다.

유심이 어쩔 수 없어 유배지로 가려고 집으로 돌아오니, 온 집안이 모두 망극해하며 울음소리가 집안에 진동했다. 유심이 아들 충렬의 손을 잡고 장부인에게 말했다.

---

* 능지처참(陵遲處斬) | 대역죄를 범한 자에게 과하던 극형. 죄인을 죽인 뒤 시신의 머리, 몸, 팔, 다리를 토막 처서 각지에 돌려 보이는 형벌.
* 왕망(王莽) | 한(漢)나라 황제를 독살한 후 스스로를 황제라 부르고 나라를 신(新)이라고 하였음.
* 동탁(董卓) | 후한(後漢)의 정치가. 황제를 폐하고 권력을 독차지하였으나 후에 자신이 거느리던 장수인 여포(呂布)에게 피살되었음.
* 오자서(伍子胥) | 춘추시대 초나라 사람. 그의 아버지와 형이 모두 초나라의 평왕(平王)에게 죽게 되자, 오(吳)나라를 도와 초나라를 쳐서 평왕의 무덤을 파헤치고 평왕의 시체를 삼백 번이나 두드렸다고 함.

"우리 나이 인생의 반이 넘도록 자식 하나 없더니 하늘이 감동하시어 충렬을 점지해 주셨소. 훗날 봉황鳳凰의 짝을 지어 영화를 보려고 했더니, 기운이 막히고 조물이 시기하여 간신의 참소를 당해 만 리 밖 유배지로 떠나게 되었소. 앞으로 죽었는지 살았는지 알지 못할 것이오. 어느 날이나 다시 볼 수 있겠소. 나와 같은 인생은 조금도 생각하지 말고 이 자식을 길러 내어 후사後嗣를 받들게 한다면, 황천에 돌아가도 눈을 감고 갈 것이오. 부인의 깊은 은덕은 후세에 갚으리다."

또 충렬을 붙들고 슬피 울며 말했다.

"네 아비가 무슨 죄로 만 리 밖 연경에 간단 말이냐. 너를 두고 가는 설움, 단산丹山의 나는 봉황이 알을 두고 가는 듯, 북해北海 흑룡이 여의주를 버리고 가는 듯, 가슴 아프고 서러운 이 마음을 한 입으로 다 말하기 어렵구나. 생각하니 기가 막혀 말할 길이 전혀 없고 잠시나마 잊자 하니 가슴에 맺힌 한을 죽은들 어찌 잊겠느냐. 너는 아비 생각 말고 어머니를 모시고 무사히 지내거라. 봄풀이 푸르거든 우리 다시 만날 것이니라."

유심이 소리 내어 통곡하며 대나무 칼을 끌러 충렬에게 채워 주었다.

"죽어 구천九泉에서 서로 만난들 아비와 자식의 신표*가 없어서야 되겠느냐. 이 칼을 잃지 말고 부디 잘 간수하여 두어라."

아내와 자식을 이별하고 바삐 길 떠날 채비를 차려 문밖에 나오니 정신이 아득했다. 한 번 걷고 두 번 걸어 열 걸음 백 걸음에 구곡간장*이 다 녹으며, 일편단심一片丹心이 다 녹는다. 성안에서 보는 사람 가운데 눈물 흘리지 않는 사람이 없고 강산 초목도 다 슬퍼하였다.

　동성문 나서면서 연경燕京을 바라보며 죄인의 수레를 인솔해 가는 관리를 따라갔다. 삼 일 동안을 간 후에 청송령을 지나 옥해관에 당도하니, 이때는 가을 팔월 보름이었다. 차가운 바람은 소슬히 불고 떨어지는 낙엽은 쓸쓸한데, 뜰 앞에 국화꽃은 근심스레 피어 있고 푸른 하늘에 걸려 있는 달은 깊은 밤 나그네의 근심을 돋운다. 깊은 밤에 객사*의 외로운 등불을 벗 삼아 베개 베고 누워 있으니, 타향他鄕의 가을소리가 나그네의 수심을 다 녹인다. 빈산에서 쓸쓸히 우는 두견새의 소리는 처량한데, 푸른 하늘에 떠가는 기러기는 슬피 울며 저쪽으로 날아간다. 유배길이 피곤하지만 잠이 올 리 전혀 없었다. 그 밤을 지낸 후에 이튿날 길을 떠나 소상강을 바삐 건너 멱라수에 다다르니, 이 땅은 초나라 회황제懷皇帝 때 간신에게 패한 만고충신 굴삼려屈三閭를 연못가에 장사 지낸 곳이었다. 후대 사람이 슬픔에 젖어 회사정을 높이 짓고 조문弔文을 지었다.

　"해와 달같이 밝은 충성은 만고에 빛나고 쇠와 돌처럼 굳은 절개는 역사에 남을 것이니, 이 땅을 지나는 사람이라면 누가 감격하지 않겠는가?"

　이렇듯이 슬픈 사연을 현판懸板에 써 붙였거늘, 유심이 글을 보니 충

---

* 신표(信標) | 뒷날에 보고 증거가 되게 하기 위하여 서로 주고받는 물건.
* 구곡간장(九曲肝腸) | 굽이굽이 서린 창자라는 뜻으로, 깊은 마음속 또는 시름이 쌓인 마음속을 비유적으로 이르는 말.
* 객사(客舍) | 나그네를 묵게 하는 집.

성스런 마음이 곧바로 일어나 행장*에서 붓과 먹을 꺼내들고 회사정 동쪽 벽 위에 크게 글씨를 써서 남겼다.

"명나라 유심은 간신 정한담과 최일귀에게 참소를 당해 연경으로 유배를 간다. 해와 달같이 밝은 마음 가리어 밝힐 길 전혀 없고 얼음과 눈같이 맑은 절개 보일 곳이 전혀 없어 멱라수를 지나다가 굴삼려의 충혼을 만나 물에 빠져 죽는다."

다 쓰고 난 후에 물가로 내려가서 하늘에 빌고 한 번 크게 울더니 옷 자락으로 눈을 가리고 망경창파萬頃蒼波 깊은 물에 훌쩍 뛰어들었다. 이때 수레를 인솔하던 사신이 이를 보고 허겁지겁 달려들어 유심의 손을 잡고 말리며 말했다.

"그대의 충성스런 마음은 하늘이 알 것입니다. 황제께서 그대에게 죄를 주셨는데 명을 받아 유배지로 가다가 이곳에서 죽으면 나 또한 죽을 수밖에 없습니다. 그대가 죄 없다는 것은 온 천하가 다 알고 있습니다. 천만다행千萬多幸으로 황제께서 생각이 바뀌시어 쉽게 풀려날 수도 있는데, 유배지에 가기도 전에 죽는다면 충성스런 신하는 되겠지만 어찌 사는 것만 같겠습니까."

한사코 만류하여 백사장으로 들어내니 유심이 어쩔 수 없이 회사정을 지나갔다.

* 행장(行裝) | 여행할 때 쓰는 물건과 차림.

황주에 다다르니 서호西湖가 바로 여기구나. 송나라가 망할 때에 일품 벼슬에 있던 대신들이 나랏일을 돌보지 아니하고 풍악風樂만 일삼아 날마다 술에 취해 있었으므로, 서호의 아름다운 경치를 서시*의 아름다움에 비유하였으니, 어찌 망극하지 않으리오.

그곳을 지나 두세 달 만에 연경에 당도하였다. 유심이 연경자사에게 예의를 갖추어 인사하니 연경자사가 유심을 객실로 인도했다. 이때는 겨울이고, 연경은 본디 몹시 추운 지방이었다. 유심이 물러 나와 객실로 들어가니, 흰눈이 세 길이나 쌓여 있고 낡아서 무너진 객실 방에 찬 바람이 스산하게 불고 있었다. 흰눈이 어지러이 흩날리어 사람의 자취가 끊어지니, 그 불쌍하고 고생스러움은 이루 다 헤아리지 못할 정도였다.

정한담과 최일귀는 유심을 모함하여 유배지로 보낸 후에 마음이 교만해져 별당으로 들어가 옥관도사에게 황제를 없앨 묘책을 물었다. 그러자 옥관도사가 문밖으로 나와 천기*를 자세히 살펴보더니 들어와 말했다.

"요사이 밤마다 천기를 살펴보니 두려운 일이 황성에 있습니다."

"두려운 일이라 하오니 무슨 일이 있습니까?"

"하늘의 별 가운데 삼태성이 황성 가운데서도 유심의 집을 비추고 있습니다. 유심은 비록 연경으로 유배되었으나 신기한 영웅이 황성 안에 살고 있으니, 그대가 도모하고자 하는 일이 어려울 듯합니다."

정한담이 이 말을 듣고 외당外堂으로 나와 최일귀에게 옥관도사의 말을 전하니, 최일귀가 대답했다.

삼십

"도사의 신기함은 천신보다 더 뛰어납니다. 신기한 영웅이 황성 안에 있다고 하니 진실로 마음이 황망하옵니다."

"유심이 나이가 많은데도 자식이 없어 수년 전에 형산에 제사하여 자식을 얻었다는 말을 들은 적이 있습니다. 도사의 말씀이 황성에 영웅이 있다 하니, 이는 유심의 아들이 아닌가 하옵니다."

"그렇다면 유심의 집을 결딴내어 뒤탈을 없애는 것이 옳을 듯합니다."

정한담이 이 말이 옳다고 여겨, 그날 깊은 밤에 가만히 승상부에서 나와 나졸 십여 명을 뽑아냈다. 그러고는 유심의 집을 둘러싸고 그 집 사방에 화약을 묻어 놓고 심지에 불을 붙이라고 명령했다.

장부인은 유심과 이별하고 충렬을 데리고 한숨으로 세월을 보내고 있었다. 이날 밤이 깊어 피곤하여 졸고 있었는데, 어떤 노인이 붉은 부채 한 자루를 가지고 홀연히 나타나 장부인을 주며 말했다.

"오늘 밤 삼경*에 큰 변고*가 있을 것이옵니다. 이 부채를 가지고 있다가 불길이 일어나거든 부채를 흔들면서 후원 담장 밑에 몸을 숨기십시오. 그런 후 사람들이 모두 가 버린 뒤에 충렬을 데리고 남쪽을 바라보고 끝없이 도망해야 합니다. 만일 그렇게 하지 않으면 옥황상제께서

---

* 서시(西施) | 중국 춘추시대 월(越)나라의 미인.
* 천기(天氣) | 하늘에 나타난 조짐.
* 삼경(三更) | 하룻밤을 오경(五更)으로 나눈 셋째 부분. 밤 11시에서 새벽 1시 사이.
* 변고(變故) | 갑작스러운 재앙이나 사고.

주신 아들을 불 속에서 잃게 될 것입니다."

　장부인이 놀라 일어나니 한바탕 꿈이었다. 충렬은 옆에서 깊이 잠들어 있는데 과연 붉은 부채 한 자루가 이불 위에 놓여 있었다. 장부인은 부채를 손에 쥐고 충렬을 깨워 앉혀 놓고는 근심에 젖어 잠 못 이루고 있었다. 삼경이 되자 한 바탕 거센 바람이 불더니 난데없는 불이 사방에서 일어나 그 커다랗고 웅장한 집이 화롯불에 눈 녹듯 사라져 버리고, 앞뒤에 쌓인 세간이 가을바람에 떨어지는 낙엽처럼 없어져 버렸다.

　장부인은 당황했지만 충렬의 손을 잡고 붉은 부채를 흔들면서 담장 밑에 몸을 숨겼다. 불길이 온 하늘을 뒤덮고 불에 타고 남은 재가 땅에 가득했다. 산처럼 쌓여 있던 집안의 온갖 물건이 불에 타 모두 없어졌으니, 이 어찌 망극한 일이 아니겠는가.

　사경四更이 되자 인적이 고요한데, 다만 중문 밖에서 군사 둘이 지키고 있었다. 장부인이 문으로 가지 못하고 담장 밑을 배회하다가 달빛에 의지하여 두루 살펴보니 겹겹이 쌓인 담장 안에서 빠져나갈 길이 전혀 없었다. 다만 물이 흘러나가는 수채 구멍이 보여, 충렬의 옷을 잡고 그 구멍에 머리를 넣고 땅에 바짝 엎드리어 기어 나왔다. 겹겹이 쌓인 담장 밑의 수채를 다 지나 중문 밖에 나서니, 충렬과 장부인의 백옥 같은 몸이 모진 돌에 긁혀 피가 흐르고 달빛같이 고운 얼굴이 진흙 빛이 되었으니, 그 불쌍하고 가련한 모습에 천지도 슬퍼하고 강산도 슬퍼했다.

　장부인은 충렬을 앞에 안고 샛길로 나와 남쪽 하늘을 바라보며 한없이 도망했다. 한곳에 이르니 옆쪽으로 큰 산이 있는데, 그 높이는 만

길이나 되고 봉우리마다 오색구름이 사면에 어리었다. 자세히 보니 이 산은 하늘에 제사를 지내던 바로 그 남악 형산이었다. 전에 보았던 얼굴이 장부인을 보고 반기는 듯, 천제당이 뚜렷하게 분명하게 보이니, 장부인이 슬픔을 이기지 못하고 충렬을 붙들고 큰소리로 통곡하였다.

"너는 이 산을 아느냐? 칠 년 전에 이 산에 와서 제사를 지내고 너를 낳았는데, 이 지경이 되었구나. 너의 부친은 어데 가고 이런 변을 모르는가. 이 산을 보니 네 부친을 본 듯하다. 통곡하고 싶은 슬픈 이 마음을 어찌 다 헤아릴 수 있으리오."

충렬이 그 말 듣고 장부인의 손을 잡고 울면서 말했다.

"이 산에 제사를 지내고 나를 낳았단 말입니까? 분명 그러하다면 산신께서 이러한 연유를 알고 계실 터인데, 참으로 산신도 무정하십니다."

장부인이 이 말을 듣고 목이 메어 말을 못하니, 충렬이 위로하였다. 이윽고 마음을 진정하고 충렬을 앞세우고 번양수를 건너 회수가에 이르니, 날이 이미 저물어 해가 서산에 걸려 있었다. 멀리 보이는 마을에서는 저녁연기가 피어나고, 푸른 강물에서 놀던 물새는 수양버들 속으로 날아들었다. 푸른 하늘을 날아가던 까마귀가 구름 사이로 울어들 때, 바다 쪽을 바라보니 멀리 포구로 들어가는 배의 돛대 위에 안개가 서려 있고, 강촌에서 들려오는 어부들의 피리 소리는 가랑비 속에 흩날렸다.

장부인은 슬픈 마음을 진정하고 충렬의 손을 잡고 물가를 배회하였다. 그러나 건너갈 배가 전혀 없어 하늘을 우러러 탄식만 하였다.

정한담과 최일귀는 유심의 집에다가 불을 놓고는 그 광경을 엿보고 있었다. 홀연히 한 줄기 거센 바람에 불길이 일어나 웅장했던 커다란 집이 불에 타 한 조각도 남지 않게 되자, 그 안에 있던 사람도 모두 다 죽었다고 여기고는 별당으로 들어가 옥관도사에게 다시 물어보았다.

"예전에 우리가 큰일을 이루고자 하다가 선생이 황성에 영웅이 있다고 말씀하시어 근심하였습니다. 이제도 그러한지 다시 하늘의 기운을 살펴 주옵소서."

옥관도사가 밖에 나와 하늘의 기운을 살펴보고는 방으로 들어와 말했다.

"이제는 삼태성이 황성을 떠나 번양 회수를 비추고 있으니 이것이 아무래도 수상합니다. 내가 생각하기에 유심의 가족들이 유심의 유배지를 찾아 회수로 갔는가 싶습니다."

정한담이 이 말을 듣더니 마음속으로 생각했다.

'불길이 그렇게 엄청났으니 분명코 불에 타 죽었을 줄 알았도다. 하지만 제가 만일 영웅이 분명하다면 벗어나는 것도 이상하지 아니하도다.'

다시 외당으로 나와 날랜 군사 다섯 명을 급히 불러 분부했다.

"너희들은 바삐 이 밤으로 번양 회수가로 달려가 나의 전갈을 사공들에게 알려라. 오늘 내일 중에 어떤 여인이 어린아이를 데리고 물을 건너려고 하거든 즉시 결박하여 물속에 처넣어라. 만일 그렇게 하지 아니하면 회수의 사공과 너희들을 모두 죽이리라."

나졸들이 크게 놀라 나는 듯이 회수로 달려가니, 과연 물가에 인적이 있고 여인의 울음소리가 들렸다. 사공을 불러내어 정한담의 분부를 낱낱이 말하니 사공이 크게 놀라 대답했다.

"죽을지언정 어찌 감히 대감의 명령을 거역하오리까."

그러고는 작은 배 한 척을 대고 오기를 기다렸다.

장부인이 건널 배가 없어 충렬을 데리고 물가에서 머뭇거리고 있던 차에 난데없이 작은 배 한 척이 떠오며 오르기를 청했다. 장부인은 그 간사한 계교를 알지 못하고 충렬을 이끌고 배에 올라탔다. 물 한가운데로 나가자 미친 듯이 한바탕 바람이 몰아치더니 양 돛대가 부러져 선창에 자빠지고 갑자기 적선敵船이 달려들어 배를 잡아맸다. 그러더니 무수한 적군이 사방에서 달려들어, 장부인은 결박하여 적선에 높이 매달고 충렬은 물 가운데 내던져 버렸다. 가련하다! 유심의 천금같이 귀한 아들이 백사장 가랑비 속에 주인 없는 외로운 혼령이 되겠구나. 넓고도 깊은 물에 풍랑風浪이 일어나니, 유일한 핏줄인 충렬의 백골인들 어찌 찾을 수 있겠느냐, 육신인들 건질 수 있겠느냐. 달빛은 쓸쓸하고 구름은 적막하기만 한데, 아득한 구름 속에서 강신江神이 우는 소리에 강산도 슬퍼하고 천신도 슬퍼하거늘 하물며 사람이야 말해 무엇하겠는가!

　장부인은 도적에게 결박당해 배 안에 거꾸러진 채 충렬을 애타게 찾았으나 물속에 빠진 충렬이 어찌 대답할 수 있겠는가. 한 번 불러도 대답 없고 두 번 불러도 소리 없는데, 천만 번을 넘게 부른들 무슨 소리가 있겠는가. 사면에 있는 흉악한 도적놈이 노를 바삐 저으면서 장부인을

재촉하여 아무 소리 말고 가자 하니, 장부인이 망극하여 물에 빠져 죽고자 한들 큼직한 배의 닻줄로 연약한 가는 몸을 사방에서 얽어매었으니 빠질 길이 전혀 없었다. 목을 매어 죽자 한들 연약한 손발을 빈틈없이 결박하였으니 목을 맬 수조차 없었다. 도적의 배에 실려 어쩔 수 없이 잡혀가는데 동쪽 하늘이 밝아왔다. 한곳에 배를 매더니 장부인을 끌어내어 말 위에 앉히고 말을 채찍질하여 달려가니, 세상에 이보다 더 불쌍한 일이 어디에 있겠는가.

회수 사공인 마룡이라 하는 놈이 세 아들을 두었는데, 모두 다 용맹이 뛰어나고 검술이 신기했다. 큰아들의 이름은 마철인데, 일찍이 아내를 잃고 아직 새로 장가를 들지 못하고 있었다. 마침 마철이 장부인의 얼굴을 보니, 달처럼 아름다운 자태는 감추었으나 꽃같이 고운 얼굴은 늙지 않았고, 근심스러운 빛이 얼굴에 가득하나 골격이 수려한 것이 아직은 젊음의 아름다움이 그대로 있었다. 장부인이 충렬을 낳을 때에 옥황상제가 선녀를 시켜 천도天桃 한 개를 먹였더니, 인생의 절반을 넘게 산 나이지만 젊음의 아름다움이 변하지 않았던 것이다. 이런 까닭에 회수 사공 놈이 충렬은 물에 빠뜨리고 장부인은 데려다가 아내로 삼고자 하여 이런 짓을 한 것이었다.

장부인이 어쩔 수 없이 도적의 말에 실려 한곳에 다다르니, 태산준령泰山峻嶺의 암석을 의지하여 몇 채의 집들이 마을을 이루고 있었다. 날이 밝아 돌길 아래에 있는 초가집 속으로 들어가니, 큰 굴방이 있었다. 사방이 쇠로 싸여 있고 출입하는 문도 철판으로 만들어 달았는데, 그 방에 장부인을 가두니, 가련하다 장부인이여! 팔자도 기구하고 신세도 가련했다. 명문 장상서 집안에서 곱게 자라나 유심에게 시집가 인생에 반이 넘도록 자식이 없다가 하늘의 보살핌으로 자식 하나를 두었더니, 만 리 밖 연경에다 남편을 두고 천 리 바다에서 자식을 잃었구나. 모진 목숨 죽지 못하고 도적놈에게 잡혀와 이 지경이 되었구나. 아름답게 꾸민 방은 어디에 두고 도적놈의 토굴 방에 앉았는가. 천금같이 귀한 자식을 잃고 만금같이 귀한 남편과 이별하고 혼자 살아났으니, 죽어 저승으로 돌아간들 남편을 어찌 보며, 인간 세상에 살아 있은들 도적놈을 어찌 보겠는가.

하염없이 통곡하다가 기운이 다해 토굴 속에 누워 있는데, 한 계집종이 저녁밥을 차려왔다. 힘이 다 빠져 먹지 못하고 도로 내보내니 다시 미음을 가지고 와서 먹기를 권했다. 장부인이 마음속으로 생각하되,

'내 아들 충렬은 천신이 감동하고 신령이 도와 태어났으니 앞으로 반드시 귀하게 될 것이다. 내 이제 연경으로 가서 주부를 데리고 충렬을 만나야 하는데, 여기서 죽는다면 후회할 것이로다.'

하고, 억지로 일어나 앉아 미음을 마시니 계집종이 반가워서 이를 적장에게 알렸다. 도적이 크게 기뻐하며 그날 밤에 토굴방에 들어가 예의를 갖춰 앉으며 말했다.

"부인께서 이렇게 누추한 곳에 와 나 같은 사람을 섬기려 하시니 진실로 감격스럽습니다."

장부인이 그 말을 들으니 분한 마음이 가슴속에서 솟구쳐 올랐다.

그러나 자신을 생각하니 약하디 약한 여자이고 마치 함정에 빠진 범과 같은 신세로다. 할 수 없이 거짓으로 대답했다.

"팔자가 기구하여 물속에 빠져 죽게 된 것을 구해 주어 평생 함께 살자고 하니 감격스러운 마음을 어찌 다 말로 표현할 수 있겠습니까. 다만 미안한 일이 있으니, 이달 초삼일初三日은 내 아버님의 제삿날입니다. 아무리 여자라 해도 아버님의 제삿날을 맞아 어찌 혼례를 지낼 수 있겠습니까. 또한 평생을 함께할 것인데, 어찌 제삿날을 가리지 않겠습니까?"

도적이 그 말을 듣더니 매우 즐거워하며 정답게 말했다.

"진실로 그렇다면 장인의 제삿날에 사위가 어찌 정성을 다하지 않겠습니까. 제물을 극진히 장만할 것이니 부디 염려 말고 안심하옵소서."

장부인이 고맙다고 인사하며 조금도 의심하지 아니하고 반기니, 도적 또한 감격하여 아무런 의심 없이 안으로 들어가며 계집종을 보내어 장부인을 모시게 했다.

계집종이 들어와 장부인 곁에 누워 자는데, 깊이 잠들었을 뿐만 아니라 인적이 고요했다. 그날 밤 삼경에 몰래 도망하여 나오는데, 방에 자는 계집종이 잠을 깨어 만져 보니 장부인은 간데없고 중문이 열려 있었다. 계집종이 장부인을 부르며 쫓아오니 장부인이 크게 놀라 거짓으로 앉아서 뒤보는 체하고 계집종을 꾸짖었다.

"며칠 동안 고생해 목이 말라 찬물을 많이 먹었더니 배가 편치 않아 나와 뒤를 보고 있는 중이거늘 네 어찌 이렇듯 소란스럽게 굴어 집안을 놀라게 하느냐."

사십

계집종이 무안해하며 방으로 들어가니 장부인도 어쩔 수 없이 방으로 들어가 잠자리에 들었다. 그날 밤이 지나가고 이튿날이 되자 도적이 장부인의 말에 속아 종들을 데리고 제물을 장만하고 있었다. 장부인이 목욕하고 방으로 들어와 주위를 살펴보니 동쪽 벽 위에 이상한 물건이 놓여 있었다. 가만히 펼쳐 보니 참으로 기묘했다. 나무도 아닌 것이 돌도 아닌 것이, 옥도 아닌 것이 금도 아닌 것이, 광채가 찬란하여 햇빛을 가리고 색채가 휘황하여 눈이 부셨다. 천지의 조화가 모서리마다 서려 있고 강산의 정기가 한가운데에 깃들어 있었다. 이런 옥함玉函은 처음 보는 것이니 용궁의 조화가 아니면 천신의 솜씨라. 앞면을 살펴보니 금으로 커다랗게 '대명국 도원수 유충렬은 열어 보아라.' 하고 뚜렷이 새겨 놓았다. 장부인은 옥함을 보고 너무 놀라서 마음속으로 생각했다.

"세상에 성과 이름이 똑같은 사람이 또 있단 말인가. 진실로 내 아들 충렬의 물건이라면 어찌 이곳에 있는가? 충렬아, 너의 옥함은 여기 있다마는 너는 어디 가고 너의 물건을 모르느냐."

장부인은 옥함을 다시 싸서 그곳에 두고 밤이 되기를 기다렸다. 밤이 되자 도적이 제물을 많이 장만하여 장부인의 방으로 들어왔다. 장부인이 이를 받아 차례로 상위에 올려놓고 제사를 지낸 후, 한밤중이 되어 제사를 끝내고 음식을 나눠 먹은 후에 각기 잠자리에 들었다. 도적도 종들도 모두 하루 종일 제물을 마련하느라 피곤해 잠에 빠졌다. 장부인은 옥함을 꺼내어 행장에 깊이 싸 가지고 밖으로 나와 북두칠성을 바라보고 한없이 도망했다.

한곳에 다다르니 날이 이미 밝아 왔다. 큰길로 나가서 지나가는 사람에게 물으니 영릉관 대로大路라 했다. 주점에 들어가 아침밥을 얻어먹고 다시 하루 종일 걸었지만 몇 리나 왔는지 알 수 없었다.

또 한곳에 당도하니 앞에 큰물이 있는데, 풍랑은 하늘에 닿을 듯 일렁이고 푸른 물결은 한없이 넓게 펼쳐져 있었다. 사방을 둘러보아도 인적은 없고, 오직 산만 푸르다. 십 리나 되는 긴 강의 텅 빈 물가에 궂은비는 무슨 일로 내리는가. 무심한 저 흰 갈매기는 사람 보고 놀란 듯 이리저리 날아간다. 슬픈 마음 긴 한숨에 피 같은 눈물 뚝뚝 떨어져 백사장에 나리니, 모래 위에 붉은 점은 마치 복사꽃이 핀 듯했다. 무정한 저 물새는 봄인가 여겨 날아들고 수심에 젖은 맑은 강물 소리에 속절없이 목이 메니 어찌 한심하지 않으리오.

하루 종일 길을 걸었더니 기운이 다해 피곤하였다. 인가人家를 찾아가 밤을 지내고자 강을 건너려 했으나 배 한 척도 없었다. 물가에서 주저하고 있는데, 서산에 해가 지고 찬 강물에 어둠이 깔린다. 앞으로 나갈 수도 뒤로 물러날 수도 없어, 할 수 없이 물가를 따라 걸어가고 있노라니, 그 길이 끊어지지 아니하고 산골짜기 사이로 계속 이어져 있었다. 길을 따라 점점 들어가니 사람의 자취는 없고 사방이 고요한데 다만 들리는 것은 두견새와 접동새의 울음소리 그리고 구슬픈 원숭이 소리뿐이었다. 우거진 수풀을 헤치고 골짜기의 물을 따라 올라가니 창망한 달빛 속에 몇 채의 초가집이 보였다. 반가워서 급히 들어가니 사립문 앞에서 개가 짖는데 한 노파가 문밖으로 나왔다. 노파에게 인사를 하니 노파가 답례하고 방으로 들어가자고 했다. 장부인이 방 안으로 들어가 앉으며 살펴보니, 사면에 여자 옷은 없고 남자 옷만 걸려 있었다. 또한 곁방에서 남정네들 소리가 나니, 장부인은 마음이 불편하여 편히 앉아 있을 수가 없었다.

저녁밥을 먹은 후에 노파가 물었다.

"그대는 뉘 집 부인인대 어찌 혼자 이곳에 왔습니까?"

"나는 본래 황성 사람으로 친정에 갔다가 바다에서 수적水賊을 만났습니다. 겨우 목숨을 건져 도망하여 이곳에 왔습니다."

노파가 이 말을 듣고 곁방으로 들어가더니 아들에게 일렀다.

"저 여인의 말을 들으니 참으로 이상하도다. 며칠 전에, 회수에서 사공일을 하는 석장동 조카 놈이 이달 초에 바다에서 한 부인을 얻어 혼인하고자 한다는 말을 들었는데, 저 여인이 수적을 만나 도망하여 왔다고 하니, 그놈이 얻은 계집이 분명하다. 급히 이 밤으로 석장동으로 달려가 마철을 데려와서 이 계집을 잃지 않도록 해라."

노파의 아들이 이 말을 듣고 급히 뒤뜰로 가 말을 내어 타고 바삐 채찍질하여 나서니, 본래 이 말은 천리마千里馬라. 순식간에 석장동에 당도했다.

장부인은 도망하여 오느라 몸이 피곤하여 노파의 방에서 잠이 깊이 들었는데, 꿈속에 한 노인이 나타나 부인 곁에 앉으며 말했다.

"오늘 밤에 큰 변고가 일어날 텐데, 부인은 어찌 잠만 자고 있소. 급히 일어나 동산에 올라가 몸을 숨겼다가 변고가 일어나거든 바삐 물가에 내려가시오. 그곳에 표주박처럼 작은 배가 한 척 있을 것이니, 그 배를 타고 화禍를 면하시오. 만일 그렇지 아니하면 천금같이 귀한 몸을 지키기 어려울 것이오."

이 말을 하고는 노인이 간데없다. 놀라 깨니 꿈이었다. 급히 일어나서 살펴보니 노파도 어디를 갔는지 보이지 않았다. 행장을 옆에 끼고 동산에 올라가 몸을 숨기고 동정을 살펴보니, 과연 남쪽에서 포 쏘는 소리가 한 번 나고 불빛이 하늘로 치솟더니 수많은 도적이 사방을 에워싼다.

"그 계집이 여기 있느냐?"

한 도적이 소리 지르니, 그 소리에 산골짜기가 진동했다. 장부인은 크게 놀라 한치 앞을 분간하지 못하고 구르고 엎어지면서 동산을 넘어 물가에 이르렀다. 사람은 없고 적막한데 거기에 난데없이 표주박 같은 작은 배가 물가에 매어 있었다. 그 배 안에서 한 선녀가 선창船艙 밖으로 나오면서 배 안으로 들어오라고 부인을 재촉했다. 정신이 없는 중에 배에 올라 선녀를 보니, 머리 위에 옥으로 만든 연꽃을 꽂고 손에는 봉황의 꼬리털로 만든 부채를 들고 푸른 저고리 붉은 치마를 입고 백옥으로 만든 패佩를 차고 있는 것이 선녀임이 분명했다.

장부인이 황송하여 허리를 굽혀 절을 하면서 말했다.

"박명薄命한 이 몸을 이처럼 구해 주시니 선녀의 은덕을 어찌 다 갚으리까."

"소녀는 남해 용왕의 큰딸이옵니다. 아버님께서 분부하시기를 '대명국 유충렬의 모친 장부인이 오늘밤에 도적들에게 변을 당할 것이니, 네가 바삐 가서 구해 주어라.' 하시기에 왔습니다. 부인의 운명은 옥황상제도 알고 있습니다. 소녀 같은 계집이 무슨 은혜를 베풀었다 하오리까."

장부인이 옥황상제께 감사를 드리는데, 채 말이 끝나기도 전에 도적이 벌써 물가에 다다랐다. 포를 한 번 쏘니 불빛에 강물이 끓는 듯했다. 작은 배 한 척이 양 돛을 높이 달고 화살처럼 달려드니, 장부인이 탄 배에서 두어 발 남짓이라. 그 배 안에서 한 놈이 창검을 높이 들고 선창을 두드리며 크게 소리를 질렀다.

"네 이년 어디로 가느냐. 천신이 아닌데 물속으로 들어가겠느냐. 가지 말고 게 있거라. 나의 호통 소리에 나는 새도 떨어지고 달리는 짐승도 가지 못하거늘 요망한 계집이 어디로 가려고 하느냐."

이렇듯 소리 지르니 배 가운데 있는 장부인은 혼이 나간 듯했다. 정신없이 허둥대다 돌아보니 도적이 배의 선창으로 달려들었다. 장부인이 어쩌지 못하고 통곡하며 말했다.

"무지한 도적놈아. 나는 남경 유주부의 아내로다. 간신의 참소를 만나 이 지경이 되었지만 어떻게 너의 아내가 될 수 있겠느냐. 차라리 물에 빠져 맑고 깨끗한 혼령魂靈이 되리라."

도적이 이 말을 듣고 분한 마음이 치솟아 창검으로 냅다 치는 순간, 난데없이 거센 바람이 동남쪽에서 일어나더니 백사장에 쌓인 돌이 바람에 날려 비 오듯 떨어지고, 넓고 깊은 바다에서는 파도가 크게 일더니 벽력같이 내려친다. 강산도 두려운데 도적놈의 조그만 배가 어떻게 견딜 수 있겠는가. 풍랑 소리에 천지가 진동하며 양 돛대가 부러져 물속으로 떨어지니, 항우와 같은 천하장사라 해도 바다에서 배를 타고 가자 한들 돛대가 없으니 어디로 가겠는가. 도적의 배는 오도 가도 못하고 바다 위에 둥둥 떠 있는데, 장부인이 탄 배는 용왕의 표주瓢舟이니 바람이 분들 부서질 리 있겠는가. 두리 둥실 높이 떠 화살같이 빠르게 달아나는데, 푸른 물결 잔잔하니 배 앞은 고요하고 달빛은 은은했다. 옥황상제께서 분부하여 용왕이 주신 배이니 무슨 염려가 있겠는가.

순식간에 배를 언덕에 대고 장부인을 인도하여 바위 위에 내려 주니, 장부인이 정신을 가다듬고 수 없이 감사하고는 행장을 수습하여 물가로 올라갔다. 그러나 기운이 다 빠져 한 걸음도 내딛기 어려웠다.

하루 종일 가다가 한곳에 다다르니, 이곳은 천덕산 한림동으로 산천은 수려하고 지형은 단정했다. 그곳에 당도하자마자 날이 저물어, 장부인은 노곤하여 물가에 앉아 쉬고 있었다. 쉬다가 잠깐 졸았는데 예전에 꿈에 나타났던 노인이 장부인을 깨우며 말했다.

"부인의 악운惡運은 이제 다 없어졌소. 이 산골짜기로 들어가면 자연히 구해 줄 사람이 있을 것이니 바삐 가시오."

장부인이 놀라 깨어 보니 푸른 산은 울창하고 시냇물은 잔잔했다. 자리에서 일어나 노인의 말대로 산골짜기로 들어갔다. 백옥같이 고운 손발로 험한 산골짜기 길을 발 벗고 들어가니, 모진 돌에 차이고 모진 나무에도 차여 열 발가락이 하나도 성한데 없고 유혈이 낭자했다. 온몸이 흉측해지니 세상살이도 귀찮다. 아름답고 고운 얼굴에 수심이 가득하고 피골이 상접하니 살고 싶은 마음이 전혀 없고 죽고 싶은 마음만 간절했다.

'연경을 가자 하니 여기서 연경이 사만 오천육백 리다. 여자의 몸으로 그 많은 산과 강을 어떻게 넘고 어떻게 건너겠는가. 며칠 지나지도

않아서 이러한 변을 당했는데, 연경까지 가다가는 절개도 잃고 목숨도 부지하기 어렵겠다. 차라리 이곳에서 죽어 백골이나마 고향으로 흘러가 남은 혼백이라도 황성을 다시 보리라.'

장부인은 이렇듯 탄식하며 울다가 행장을 끌러 옥함을 내어 놓고 비단 수건에 붉게 글자를 새겨 썼다.

"모년 모월 모일에 대명국 동성문 안에 사는 유충렬의 어미 장씨는 옥함을 내 아들 충렬에게 전하노라. 죽은 혼백이라도 받아 보아라."

한 자 한 자 글자가 뚜렷하게 새겨진 수건으로 옥함을 싸매어 물속에 넣고 대성통곡하며 치마를 덮어쓰고 물에 빠져 죽으려 할 때, 산골짜기 사이에서 어떤 여인이 물동이를 옆구리에 끼고 금간수에서 물을 긷다가 장부인을 보고는 급히 내려와 만류했다. 여인이 장부인을 바위 위에 앉히고 물었다.

"부인은 무슨 일로 죽으려 하십니까? 내 집으로 가십시다."

이 말을 듣고 장부인은 문득 노인이 꿈속에서 했던 말을 생각하고 따라갔다.

여인을 따라가니 바위 위로 난 돌길 사이에 아홉 칸 초가집이 있는데, 깨끗하고 기묘할 뿐 아니라 아름다운 빛을 띤 구름이 어리었으니 군자가 사는 곳이요, 신선이 있는 곳이었다. 방으로 들어가 보니, 베로 만든 옷이 벽에 걸려 있고, 수많은 책이 책상 위에 놓여 있었다. 장부인이 마음에 반갑고 편안하여 그동안 고생했던 사연과 연경을 찾아가다가 도중에 당한 봉변을 낱낱이 말하니, 주인도 눈물을 흘리고 손님도 슬피 울었다.

원래 이 집은 명나라 성종황제 때에 벼슬하던 이인학의 아들 이처사李處士의 집이니, 인학의 모친은 유심의 종숙모從叔母였으나, 이별한 지 몇 년이 흘렀다. 이처사는 마음이 깨끗하고 행실이 분명하여 벼슬을 그만두고 산중에 들어와 농사를 지으면서 학업에 힘쓰고 있었다. 행실은 심양강尋陽江 오류촌五柳村의 도연명*과 같았고, 절개는 부춘산富春山 칠리탄七里灘의 엄자릉*과 같았다. 세상의 공명을 장자방*이 오곡五穀을 먹지 않고 신선을 따라가듯 가볍게 여기며, 인간의 부귀를 소태부*가 금金을 흩뿌리듯 하찮게 여기니, 만고에 다시없는 사람이요, 한 시대에 둘도 없는 인물이었다. 이처사가 뜻밖에 장부인의 말을 듣고 크게 놀라 나와서 맞이하며 예를 갖추어 인사를 올린 후에, 그간의 사연을 다 듣지도 못하고 눈물을 흘리며 말했다.

"처삼촌인 유주부를 이별한 지 몇 년이 지났습니다. 이토록 사람의 일이 변하여 이 지경이 될 줄 어찌 알았겠습니까."

서로 울며 마음을 위로하고 음식과 거처를 편히 공양하니 장부인의 한 몸은 편안했다. 다만 가슴속에 한이 맺힌 채로 세월을 보내고 있었다.

* 도연명(陶淵明) | 중국 동진(東晉)의 이름난 시인. 성품이 고상했다.
* 엄자릉(嚴子陵) | 중국 후한(後漢) 광무제(光武帝) 때 사람으로 벼슬을 마다하고 숨어 지냈다.
* 장자방(張子房) | 한(漢)나라를 세우는 데 공을 세웠으나 후에 세상을 버리고 종적을 감추었다.
* 소태부(疏太傅) | 전한(前漢)의 학자로 부귀를 하찮게 여겼다.

강승상을 만나다

충렬은 모친을 잃고 물에 빠져 살길이 없었다. 그러다가 문득 두 발이 닿아 자세히 살펴보니 물속의 큰 바위였다. 그 위에 올라서서 하늘을 우러러 어미를 찾았으나 간데없었다. 사방을 둘러보니 푸른 산은 은은한데 다만 물새소리만 들렸다. 강가에는 밤늦도록 슬피 우는 원숭이들의 울음소리만 울려 퍼지는데, 충렬은 통곡하며 바위 위에 서 있었다.

이때 남경의 장사꾼들이 재물을 많이 싣고 북경으로 가려고 회수에 배를 띄우고 물결을 따라가고 있었는데 처량한 울음소리가 바람을 타고 들려왔다. 뱃사람들이 이상하게 생각하여 배를 바삐 저어 우는 곳을 찾아가니, 한 아이가 물에 서서 슬피 울고 있었다. 그 아이를 급히 건져 배 안에 올려놓고 까닭을 물었다.

"바다에서 수적을 만나 어미를 잃고 울고 있습니다."

이 말에 뱃사람들도 슬퍼하며 충렬을 물가로 데려가 가고자 하는 곳으로 가라고 한 후 배를 띄워 다시 북경으로 향했다.

충렬은 뱃사람들을 이별하고 정처 없이 다녔다. 이 마을 저 마을 돌아다니며 구걸하여 먹고, 아무 곳에서나 잠을 자곤 했다. 아침에는 동쪽에 있고 저녁에는 서쪽에 있으니 가을바람에 흩날리는 낙엽이요, 오고 가는 데 종적이 없으니 푸른 하늘을 떠다니는 뜬구름과 같았다. 얼굴이 비쩍 말라 마치 죽은 사람 같았으며 그 행색 또한 말이 아니었다. 가슴속의 대장성은 더러운 때 속에 묻혔고 등위의 삼태성은 헌 옷 속에 묻혔으니, 활달한 대장부가 도리어 걸인乞人이 되었다.

담장만 쌓던 부열*이도 은殷나라 왕인 무정을 만났고, 밭만 갈던 이윤*이도 은殷나라 왕인 성탕을 만났으며, 위수渭水에서 낚시하던 여상*이도 주周나라 문왕을 만났건만, 세월이 물같이 흘러 충렬의 나이도 어느새 열네 살이 되었다.

하늘과 땅을 집으로 삼고 이리저리 다니면서 길거리에서 빌어먹다가 초楚나라 땅에 이르렀다. 영릉을 지나다가 장사長沙를 바라보고 한 물가에 다다르니, 아득한 빈 물가에는 슬픈 원숭이 소리뿐이요, 가랑비 내리는 백사장에는 흰 갈매기만 오락가락할 뿐이었다. 뒤쪽을 돌아보니 푸른 대나무와 소나무가 우거져 있고, 물결 사이로 오래된 정자가 적막하게 서 있었다.

이 물이 바로 멱라수요, 이 정자가 바로 회사정이라. 유심이 글을 쓰고 물에 빠져 죽고자 했던 바로 그곳이었다. 마음이 절로 비감하여 정자에 올라가 사방을 살펴보니, 제일 위에는 굴삼려의 평생 행적을 써 붙였고, 그 밑에 만고의 문장과 시구詩句며 나그네들의 노정기*가

* 부열(傅說) | 담을 쌓는 일을 하다가 은(殷)나라 고종에게 발탁되어 재상이 되었다.
* 이윤(伊尹) | 탕왕을 도와 은(殷)왕조가 천하를 얻는데 큰 공헌을 한 재상이다.
* 여상(呂尙) | 주(周) 무왕을 도와 주나라가 천하를 제패하는 데 커다란 역할을 한 인물이다.
* 노정기(路程記) | 여행할 길의 경로와 거리를 적은 기록.

사면에 붙어 있었다. 동쪽 벽에는 새로 두 줄 글이 다음과 같이 써 있었다.

모년 모월 모일에 남경 유주부는 간신에게 패敗하여 연경으로 귀양 가다가 멱라수에 빠져 죽노라.

충렬이 그 글을 보더니 정자 위에서 거꾸러지면서 큰소리로 통곡했다.

"우리 부친께서 연경으로 간 줄로만 알았더니 이 물에 빠지셨도다. 나 혼자 살아나서 세상에서 무엇을 하겠는가. 회수에서 어머님을 잃고 멱라수에서 아버님을 잃었으니, 무슨 면목面目으로 세상을 살아갈까. 나도 함께 빠져 죽으리라."

이렇듯 말하며 물가로 내려가니 충렬의 울음소리가 용궁龍宮까지 사무쳤다. 어찌 천신이 무심하겠는가.

영릉 땅에는 강희주라는 재상이 살고 있었다. 그는 일찍이 어린 나이에 과거에 급제하여 승상丞相 벼슬까지 했으나 간신의 모함을 받아 벼슬에서 물러나 고향으로 돌아왔다. 하지만 나라를 걱정하는 충성심은 변하지 않아 황제가 일을 잘못 처리하는 일이 있으면 상소하여 바로잡고자 하니, 조정이 그 강직함을 못마땅해했으며, 그 가운데 정한담과 최일귀가 가장 그를 미워했다.

강희주는 마침 본부本府에 갔다가 돌아오는 길에 주점酒店에서 자다가, 오색구름이 멱라수에 어리었는데 청룡이 물속에 빠지려 하면서 하늘을 향하여 무수히 통곡하며 백사장을 배회하는 꿈을 꾸었다. 마음속으로 이상하게 생각하며 날이 새기를 기다리는데, 새벽닭이 울며 날이 차츰 밝았다. 멱라수로 급히 가 보니 과연 어떤 아이가 물가에 앉아 울고 있었다. 달려들어 그 아이의 손을 잡고 회사정으로 데리고 올라가 자세히 물었다.

"너는 어떤 아이인데 어디로 가고 있느냐? 또한 무슨 까닭으로 이곳에 와서 울고 있느냐?"

충렬이 울음을 그치고 대답했다.

"소자는 남경 동성문 안에 사는 정언 주부 유심의 아들이옵니다. 아버님께옵서 간신의 모함으로 귀양 가시다가 이 물에 빠져 죽었다는 글씨가 회사정에 붙어 있어 소자도 이 물에 빠져 죽고자 하옵니다."

강승상이 이 말을 듣더니 크게 놀라며 말했다.

"이 말이 웬 말이냐? 근래 노환老患으로 황성을 못 갔더니 그동안에 이런 변이 있었단 말이냐. 유심은 나라의 충신이다. 함께 조정에서 벼슬하다가 나는 나이 들어 고향으로 돌아왔는데, 유심에게 이런 일이 생길 줄을 꿈에라도 생각했겠느냐. 전혀 생각지도 못한 일이로다. 이미 지나간 일은 따지지 말고 나를 따라 함께 가자."

"대인大人은 소자를 생각하여 함께 가자고 하시나, 소자는 이 세상에 다시없는 불효자이옵니다. 살아서 무엇하겠습니까. 또한 어머님이 번양 회수에서 돌아가시고 아버님은 이 물가에서 돌아가셨으니, 소자 혼자 살 마음이 없습니다."

충렬의 말에 승상이 달래며 말했다.

"부모가 모두 돌아가셨는데 너마저 죽는단 말이냐. 세상 사람들이
자식을 낳고 좋아하는 것은 후사*가 끊어지지 않았기 때문이다. 너마
저 죽게 되면 유주부 사당에 누가 향불을 피우고 제사를 모시겠느냐.
잔말 말고 따라오너라."

이 말에 충렬이 어쩔 수 없어 강승상을 따라가니, 그곳은 영릉 땅 월
계촌이었다. 인가가 즐비한데 벽제*소리가 요란했다. 문과 창을 아름
답게 장식한 화려하고 커다란 집들이 하늘 높이 솟아 있고 높은 벼슬
아치들이 탄 화려하게 장식한 수레가 오가고 있었다.

강승상이 충렬을 바깥채에 두고 안으로 들어가 부인 소씨에게 충렬
의 일을 낱낱이 말하니, 소씨가 이 말을 듣고 충렬을 불러 손을 잡고 눈
물 흘리며 말했다.

"네가 동성문 안에 사는 장부인의 아들이냐? 장부인이 늦도록 자식
이 없어 나에게 매일 한탄하였는데, 어찌하여 저런 아들을 두고도 영
화榮華를 다 못보고 황천객黃泉客이 되었단 말이냐. 세상의 일이 참으
로 허망하구나. 간신의 모함을 받아 충신이 다 죽으니 나라가 어찌 무
사할 수 있겠느냐. 다른 데 가지 말고 내 집에 있거라."

소부인의 말에 충렬이 감사의 절을 올리고 바깥채로 나왔다.

강승상은 아들이 없고 다만 딸 하나를 두고 있었다. 부인 소씨가
딸아이를 낳을 때에 한 선녀가 오색구름을 타고 내려와 소씨에게 말
했다.

오십사

"소녀는 옥황상제의 선녀이옵니다. 자미원 대장성과 연분緣分을 맺고 있었는데, 옥황상제께서 소녀를 강씨 가문으로 보내시기에 왔사오니, 부인은 사랑으로 보살펴 주옵소서."

이 말을 듣고 소부인이 정신이 혼미한 가운데 딸아이를 낳으니, 용모가 비범하고 거동이 단정했다. 시 짓기와 글쓰기, 음악 연주 등 못하는 것이 없어 여자 가운데 으뜸이라 할 만하니, 그 총명함과 지혜로움은 짝을 이룰 만한 사람이 없었다.

강승상과 소부인은 사윗감을 쉽게 고르지 못할 것을 염려하고 있었는데, 말할 수 없을 정도로 귀한 풍모를 지닌 충렬을 데려다가 바깥채에 머무르게 하고 자식같이 길러내니 천만다행이었다. 충렬의 상相을 보니 재산과 지위는 맞설 사람이 없고 재주와 능력은 만고에 제일이었다. 승상이 매우 기뻐하며 내당에 들어가 소부인에게 혼사를 의논하니, 소부인 또한 매우 즐거워하며 말했다.

"저도 마음속으로 충렬을 사랑하는데, 승상께서 또한 그렇게 말씀하시니 더 이상 여러 말 말고 혼인을 시키도록 하지요."

승상이 밖으로 나와 충렬의 손을 잡고 말했다.

"네게 큰일을 부탁할 것이 있다. 이 늙은이가 무남독녀無男獨女를 두었는데 지금 보니 너와 하늘이 맺어 준 인연임이 분명하다. 이제 내 딸과 평생 즐거움과 괴로움을 함께 할 것을 네게 부탁하노라."

* 후사(後嗣) ㅣ 대(代)를 잇는 자식.
* 벽제(辟除) ㅣ 높은 벼슬아치가 지나갈 때 따르는 시종들이 사람들의 통행을 통제하던 일.

이 말을 듣더니 충렬이 무릎을 꿇고 눈물을 흘리면서 말했다.

"소자의 목숨을 구해 주시고 또 사위로 맞아 슬하膝下에 두고자 하시니 감사하기 이를 데 없습니다. 다만 가슴속에 통탄할 일이 사무쳐 있습니다. 부모님의 생사도 모른 채 결혼하여 아내를 얻는 것이 자식의 도리가 아니니 이것이 한스러울 뿐이옵니다."

강승상이 그 말을 듣고는 슬픔에 젖어 충렬의 손을 잡으며 말했다.

"비록 정도正道는 아니나, 이 또한 형편에 따라 적절하게 일을 처리하는 한 방법이다.

너의 가문 시조始祖 되시는 분도 어린 나이에 부모를 잃고 장씨 가문에
장가가서 어진 임금을 만나 개국공신*이 되시었으니, 조금도 서러워
마라."

　즉시 좋은 날을 잡아 혼례를 치루니, 아름다운
신랑과 신부의 모습이 마치 하늘나라에서 내려온
신선 같았다. 신방新房에 환하게 촛불을 밝히고
깊은 밤 신랑과 신부가 평생 연분을 맺었으니,
서로 사랑하며 주고받은 말을 어찌 다 헤아
릴 수 있으며, 어찌 다 기록하겠는가. 밤을
지낸 후에 이튿날 강승상 부부를 뵈니
승상 부부 즐거운 마음을 이기지 못하
였다.

* 개국공신(開國功臣) | 나라를 세우는 데 큰 공을 세운 신하.

다시 찾아온 고난

흐르는 물처럼 세월이 흘러 충렬의 나이 열다섯 살이 되었다. 강승상은 어진 사위를 얻고 만년에 근심이 없었으나, 다만 유심이 간신의 모함을 받고 멱라수에 빠져 죽은 것을 생각하면 분한 마음이 치솟곤 했다. 나라에 글을 올려 유심의 원통함을 풀어 주고자 강승상이 즉시 황성으로 가려 하자 충렬이 이를 만류하며 말했다.

"장인의 말씀은 감격스러우나 간신이 조정에 가득하여 나라의 권세를 쥐고 있으니 황제께서 장인의 상소를 듣지 아니할 것입니다."

강승상은 충렬의 말을 듣지 않고 급히 행장을 차려 황성으로 올라갔다. 퇴임한 재상 권공달의 집에 거처를 정하고 상소문上疏文을 써서 승지承旨를 불러 황제께 올려 달라 부탁했다. 그 상소문의 내용은 다음과 같았다.

전前 승상 강희주는 삼가 머리를 조아려 백 번 절하고 폐하께 상소를 올립니다. 황송하오나 충신은 한 나라의 본심本心입니다. 폐하께서 간신을 물리치고 충신을 등용하여 어진 정치를 행하시며 덕을 베푸시어 온 백성을 보살피시면, 소신같이 병든 몸일지라도 저 옛날 어진 순舜임금의 풍모를 다시 만나 죽어 백골이나마 푸른 산 좋은 땅에 묻힐까 하였습니다. 그런데 간신의 말을 듣고 주부 유심을 연경으로 멀리 귀양 보내셨습니다. 임금이 신하를 하찮게 여겨 밖으로 충신의 입을 막고, 간신의 악행을 받아들여 이들에게 국권을 쥐어주었으니 이 어찌 한심하지 않으리까. 왕망이 섭정*함에 왕실이 미약해졌고 회왕懷王이 위태함에 항우項羽가 죽었으니, 엎드려 바라옵건대 폐하께서는 생각하옵소서. 신이 비록 죽는 날이라도 임금의 은혜가 하해河海와 같사오니, 엎드려 바라옵건대 폐하께서는 충신 유심을 즉시 풀어 주시어 폐하를 돕게 하옵소서. 아뢸 말씀 끝이 없으나 황송하여 이만 그치나이다.

황제가 상소를 보시고는 크게 화가 나서 조정 대신들에게 보게 하셨다. 정한담과 최일귀가 강희주의 상소를 보고는 매우 분해하더니 즉시 대궐 안에 들어가 황제에게 아뢰었다.

"퇴임한 신하 강희주의 상소를 보니 그 자는 대역무도*한 자이옵니다. 충신을 왕망에게 비유하여 폐하를 죽인다 하오니, 역적을 다스리는 법률을 적용하여 이 자를 능지처참하시고, 한편 이 자의 삼족三族을

* 섭정(攝政) | 군주가 직접 통치할 수 없을 때에 군주를 대신하여 나라를 다스림.
* 대역무도(大逆無道) | 임금이나 나라에 큰 죄를 지어 도리에 크게 어긋남. 또는 그런 짓.

멸해야 하옵니다."

황제가 이를 허락하니, 정한담이 즉시 승상부에 나와서 나졸들을 재촉하여 강희주를 잡아들이라 명했다. 나졸들은 정한담의 명령을 받고 권공달의 집으로 가 강희주를 철망으로 결박하여 잡아갔다. 이때 강희주는 삼족을 멸한다는 말을 듣고 충렬에게 화가 미칠까 염려되어 급히 편지를 써 집으로 보내고는 철망에 싸여 금부*로 들어가는데, 백발을 풀어헤치고 피눈물을 흘리면서 원통함을 부르짖었다.

"충신을 구하려다가 황성長安의 저잣거리에서 주인 잃은 외로운 혼백이 된단 말인가? 죽은 혼백이라도, 임금의 잘못을 간하다가 억울하게 죽은 용봉*과 비간*을 벗한다면 역사에 그 이름이 영광되게 남을 것이다. 간신 정한담은 황제의 자리를 차지하고자 충신을 모함하여 원통한 혼백이 되게 하니 살아도 부끄럽지 아니하냐."

정한담은 승상부에 높이 앉아 강승상을 잡아들여 계단 아래에 꿇리고는 죄를 따져 물었다.

"네가 예전에 스스로를 충신이라 하더니 충신도 역적이 된단 말이냐?"

강승상이 눈을 부릅뜨고 정한담을 보며 대답했다.

"역모逆謀를 꾀한 관숙*과 채숙*도 충신인 주공*을 역적이라 하지 않았느냐? 또 양화*가 공자孔子를 소인이라 말한 것이 어제 들은 듯하노라."

이 말에 정한담이 매우 화가 나 좌우의 나졸들을 재촉하여 강승상을 수레 위에 높이 싣고 황성 저잣거리로 나갔다.

육십

강승상의 고모인 황태후는 강승상을 죽인다는 말을 듣고 급히 황제에게 들어가 눈물을 흘리며 말했다.

"들으니 강희주를 죽인다고 하는데, 대체 무슨 죄를 지었기에 죽인단 말인가? 친정 쪽 내 핏줄이라고는 다만 늙은 강희주뿐이라. 설사 죽일 죄가 있다 해도 나를 보아 죽이지 말고 먼 곳으로 귀양 보내기를 바라노라."

황제 또한 슬퍼하며 즉시 정한담을 불러 유심과 마찬가지로 강희주를 죽이지 말고 멀리 옥문관으로 귀양을 보내라 명하셨다. 정한담은 마지못해 강희주를 옥문관에 유배시키고, 그의 모든 가족을 다 잡아들여 관청의 노비로 삼으라는 명령을 내리고는 나졸들을 영릉으로 보냈다.

충렬은 강승상이 황성으로 간 후 밤낮으로 염려하며 지내고 있었다. 그러던 중 뜻밖에 강승상에게서 편지가 왔다. 급히 뜯어보니 그 내용은 다음과 같았다.

* 금부(禁府) | 의금부(義禁府). 임금의 명령을 받들어 중죄인을 신문하는 일을 맡아 하던 관아.
* 용봉(龍逢) | 하(夏)나라 걸왕의 신하로, 걸왕의 잘못을 말하다가 죽임을 당했다.
* 비간(比干) | 은(殷)나라의 충신으로 주(紂)왕의 잘못을 말하다 죽임을 당했다.
* 관숙(管叔) | 주(周)나라 무왕(武王)의 아우로, 반란을 꾀하다 주공(周公)에게 피살당했다.
* 채숙(蔡叔) | 주공(周公)의 형제로, 관숙과 함께 난을 일으켰다가 피살당했다.
* 주공(周公) | 주(周) 문왕과 무왕을 도와 왕실의 기초를 세우고, 제도와 예악을 정해 주 문화를 크게 발전시켰다.
* 양화(陽貨) | 중국 춘추시대 정치가.

아! 이 늙은이는 전생에 죄가 많아 슬하에 아들도 없이 다만 딸 하나만을 두었으나 하늘이 돌보시어 그대를 만나 부귀영화를 보려고 딸아이를 그대에게 맡겼도다. 그러나 가문의 운수가 그러한 것인지 아니면 조물造物이 시기해서 그러한 것인지, 충신을 구하려다가 만 리 밖 변방으로 귀양 가 생사를 모르게 되었으니, 이러한 변이 또 있겠느냐. 이 늙은이는 살 만큼 살았으니 이제 죽어도 서럽지 않으나, 딸아이의 남은 인생을 생각하니 가련하고 불쌍하도다. 하늘이 맺어 준 인연으로 그대를 만나 신혼의 정情을 다 나누기도 전에 이 지경이 되었으니, 앞으로 그 아이의 신세가 어찌될지 가슴이 답답하도다. 이 늙은이는 반역죄로 잡아다가 철망을 씌워 멀리 옥문관으로 유배 보내고, 나의 가족은 모두 잡아다가 관청의 노비로 삼는다고 했다. 나졸들이 명령을 받고 내려갔으니 그대는 급히 집을 떠나 환란患亂을 면하라. 만일 신혼의 정을 잊지 못해 도망가지 아니하면 우리 두 집안의 유일한 핏줄이 젊은 나이에 외로운 혼백이 될 것이다. 부디 도망하였다가 이후에 귀하게 되거든 내 자식을 찾아서 버리지 말고 백년해로百年偕老 하여라. 또한 내가 죽은 날에 아무 술이나 한 잔 따르고 향불을 피우고 난 후 '승상은 평생 기르던 충렬의 손에 많이 흠향*하고 가시라.' 빌어 주면, 구천을 떠도는 혼백이 한잔 술이라도 잘 차려 올리는 제사상으로 알고 먹은 후, 청산에 썩은 뼈라도 봄바람을 다시 만나 그 은혜를 갚으리라.

충렬은 편지를 다 읽어 본 후 낭자 방으로 들어가 강승상의 편지를 보여 주며 말했다.

"팔자가 기구하여 어려서 부모 잃고 하늘과 땅을 집으로 삼고 사방으로 다니면서 밥을 빌어먹으며 뜬구름처럼 살다가, 하늘이 돌보시어 대인大人을 만나 낭자와 백년가약百年佳約을 맺었더니 일 년이 채 되지 않아 이런 변고를 만났구려. 이 어찌 망극한 일이 아니리오."

입고 있던 안저고리를 벗어, 거기에 '다른 날 다시 만납시다.' 글 두 구를 써 주자, 낭자가 크게 놀라 낯빛이 변하면서 충렬의 옷을 잡고 소리 높여 통곡했다.

"늙은 아버님은 무슨 죄로 만 리 오랑캐 땅으로 간다 하며, 청춘인 소첩은 무슨 죄로 이리 박명합니까. 나 같은 여자는 생각지도 마시고 급히 떠나 환란을 면하소서."

이렇듯 말하며 붉은 치마 한 폭을 떼어 글 두 구를 지어 주며, 어서 가라 재촉하였다. 충렬이 글을 받아 비단 주머니 속에 넌지시 넣고 울면서 하루를 보내니 낭자가 울면서 말했다.

"이제 가시면 어느 날 당신을 다시 볼 수 있겠습니까. 황제의 명령이 지엄하시니 노비가 되어 관청에 속하게 되면 죽어 저승에 가서나 다시 볼 수 있겠지요."

충렬이 슬피 울며 떠나가는데, 강낭자를 두고 가는 마음은 가을날 달 밝은 밤에 항우가 우미인*을 이별하는 듯하였다. 행장을 급히 차려

* 흠향(歆饗) | 귀신이 제물(祭物)을 받아먹음.
* 우미인(虞美人) | 항우가 총애하던 절세의 미인. 항우가 한(漢)나라 유방에게 해하에서 포위되었을 때 자살하였다고 한다.

서쪽 하늘을 바라보고 정처 없이 가는데, 자신의 신세를 생각하니 속절없는 눈물이 비 오듯이 떨어졌다. 천만리 머나먼 길고 긴 길을 눈물이 앞을 막아 못 가겠구나. 소매로 눈물을 훔치고는 서쪽 하늘 구름을 바라보며 한없이 나아갔다.

충렬을 이별한 후 온 집안이 망극하여 울음소리 떠나지 아니했다. 그 뒤 불과 사오 일 만에 금부도사가 월계촌에 내려와 소부인과 강낭자를 잡아내어 수레 위에 싣고 군사를 재촉하여 황성으로 올라갔다. 또한 대대로 살아오던 강승상의 집을 헐어 하루아침에 연못을 만드니, 그곳엔 집오리만 둥둥 떠다니게 되었다.

소부인과 강낭자는 어쩔 수 없이 황성으로 잡혀갔다. 황성으로 가는 길에 청수에 이르니 해가 서산에 지고 날이 저물었다. 주점 객실에 들어가 머물고 있는데, 누군가 방문 앞에서 기침하며 소부인을 불렀다. 금부의 나졸 중에 장한이라 하는 군사가 있는데, 예전에 승상부 서리였던 장한의 부친이 죄를 지어 거의 죽게 되었던 것을 강승상이 구하여 살린 일이 있었더니, 장한 부자는 그 은혜를 밤낮으로 생각하고 있었다. 장한은 강승상 가족이 화를 당하자 이를 불쌍하게 여겨 다른 군사 모르게 슬피 울다가, 그날 밤 삼경에 다른 군사가 모두 깊은 잠에 빠지자 소부인 자는 방문 앞에서 기침 소리를 내어 소부인을 불렀던 것이다. 소부인이 놀라 문을 열고 보니 장한이 땅에 엎드려 아뢰었다.

"소인은 금부의 나장羅將 장한이라 하옵니다. 예전에 대감께서 벼슬할 때에 소인의 아비가 나라에 죄를 짓고 죽게 된 것을 살려 주셨습니다. 그 은혜가 골수에 사무쳐 갚기를 바라고 있었는데, 곤경에 처하신 이때에 소인이 어찌 무심할 수 있겠습니까. 바라건대 부인은 너무 염려하지 마옵소서. 오늘밤에 도망하시면 그 뒤는 소인이 감당할 것입니다. 조금도 염려하지 마시고 도망하여 살길을 찾으소서."

소부인이 이 말을 듣고 마음에 의심이 조금 풀려 낭자를 데리고 장한을 따라 주점 밖으로 나서니 밤이 이미 깊어 삼경이었다. 인적이 고요한데 동산을 넘어 십 리를 가 청수 물가까지 왔다. 장한이 하직하며 말했다.

"부인과 낭자께서 이 물가에 빠져 죽은 표시를 하고 가시면 뒤탈이 없을 것입니다. 부디 살아나시어 뒷일을 도모하십시오."

소부인은 낭자의 신세를 생각하니 정신이 아득했다.

'이제 비록 도망하였으나 청춘인 딸년을 데리고 어디로 가 살며 혹 살아난다 한들 승상과 사위를 이별하고 살아서 무엇하겠는가. 차라리 이 물에 빠져 죽으리라.'

그러고는 낭자를 속여 뒤보는 척하고 급히 청수로 가 신을 벗어 물가에 놓고 깊고 푸른 물로 뛰어들었다. 가련하구나! 강승상의 부인이 백옥 같은 고운 몸을 물고기의 뱃속에 장사 지내니, 어찌 가련하지 않으리오.

강낭자는 어머니를 기다렸으나 끝내 오지 않았다. 급히 나와서 살펴보니 사방에 사람의 자취라고는 찾아볼 수 없었다. 마음이 답답하여 어머니를 부르며 청수 물가로 나와 보니 어머니의 신이 물가에 놓여 있고 어머니는 간데없었다. 발을 동동 구르다가 자신도 신을 벗어 물가에 놓고 빠져 죽으려 하였다.

동쪽 하늘이 차차 밝아 오는 것으로 보아 오경쯤 되는 시간이었다. 마침 영릉골 관비官婢가 외촌에 갔다가 돌아오는 길에 청수 물가에 이르렀는데, 어떤 여자가 물가에서 통곡하며 물에 빠져 죽고자 하고 있었다. 급히 쫓아가 낭자를 붙들어 물가에 앉히고는 사연을 물은 후에 제 집으로 가자고 하였으나, 낭자는 한사코 죽으려 했다. 관비가 수 없이 설득하여 데리고 와서 수양딸로 삼은 후에 낭자의 자태를 살펴보니 마치 하늘나라 선녀와 같았다. 이 고을 수령에게 수청*을 들게 하면, 천금의 재산도 부럽지 않고 만 냥의 재물을 가진 태수 자리도 부러울 것이 없으니, 온갖 구실로 달래어 다른 데로 가지 못하게 하였다.

충렬은 강승상의 집을 떠나서 서쪽 하늘을 바라보고 정처 없이 갔

* 수청(守廳) | 아녀자나 기생이 높은 벼슬아치에게 몸을 바쳐 시중을 들던 일.

육십칠

다. 자신의 신세를 생각하니 속절없고 어떻게 해야 할지 도무지 알 수 없었다. '이제는 도저히 방법이 없다. 산속으로 들어가 머리를 깎고 중이 되어 불도佛道나 닦으리라.' 생각하고 푸른 산을 바라보고 종일토록 걸어갔다.

한곳에 다다르니 앞에 큰 산이 있었다. 수많은 봉우리와 골짜기가 하늘 높이 솟았는데, 오색구름이 구리봉에 떠 있고, 갖가지 화초가 활짝 피어 있었다. 신령한 산이라 생각하고 찾아 들어가니 경치가 빼어나고 풍경이 산뜻했다. 산길 육칠 리에 들리는 것은 잔잔한 물소리요, 보이는 것은 울창한 푸른 산뿐이었다. 울창한 숲 속을 기어 올라가니, 수양버들 가지들이 봄바람을 못 이기어 늘어져 흔들거리며, 소나무와 대나무 우거진 가지에는 온갖 새가 춘정春情을 다투고 있었다. 꽃잎이 떨어진 계곡물 층층마다 앵무새와 공작새가 넘노는데, 푸른 하늘에 걸려 있는 폭포가 층암절벽을 치는 소리는 마치 객선客船으로 들려오는 한산사寒山寺의 종소리 같고, 하늘 높이 솟은 암석이 푸른 소나무에 싸여 있는 모양은 산수화를 그린 여덟 폭 병풍屛風을 둘러놓은 듯했다.

경쇠소리 들리기에 차츰차츰 안으로 들어가니, 오색구름 속에 화려하게 단청을 한 높은 누각과 큰집들이 즐비했다. 일주문一柱門을 바라보니 금으로 크게 글씨를 써서 '서해 광덕산 백룡사'라 뚜렷이 붙여놓았다. 산문山門으로 들어가니 한 고승高僧이 나왔다. 그 스님의 모습을 보니 하얀 두 눈썹이 두 눈을 덮고 있고 커다랗고 뚜렷한 두 귀는 두 어깨에 늘어져 있는데, 그 맑고 빼어난 모습과 은은하게 풍기는 풍모가 평범한 중은 아닐 듯싶었다.

"소승이 나이 들어 유상공 오시는 행차를 동구 밖에 나가 맞이하지 못하였으니, 소승의 무례함을 용서하옵소서."

이 말을 듣고 충렬이 매우 놀라며 말했다.

"천한 인생으로 팔자가 기구하여 어려서 일찍 부모를 잃고 정처 없이 다니다가 우연히 이곳에 와 대사를 만난 것입니다. 어찌 그토록 관대하시며 소생의 성은 어떻게 알았나이까?"

"어제 남악 형산 화선관이 소승의 절에 왔다가 소승에게 부탁하기를 '내일 오시午時에 남경 동성문 안에 사는 유심의 아들 충렬이 올 것이니 쫓아내지 말고 잘 대접하라.' 하셨습니다. 이에 소승이 찾아 나왔다가 상공의 차림새을 보니 남경 사람이기에 알았습니다."

충렬이 그 말을 듣고 한편으로 기쁘고 한편으로 슬퍼하면서 노승을 따라 들어가니, 여러 스님이 합장배례*하며 반가워했다. 노승의 방에 들어가 저녁밥을 먹은 후에 그 밤을 편히 쉬었다. 이곳은 마치 신선이 사는 곳 같은지라, 세상의 일을 모두 잊으니 몸 또한 편안하였다.

이후로 노승과 함께 병서兵書도 힘써 공부하고 불경佛經도 배우며 지냈다. 본래 하늘에서 내려온 사람으로 살아 있는 부처를 만나 기이한 술법도 배우고, 하늘의 일월성신日月聖神과 땅 위의 명산신령名山神靈이 모두 다 충렬에게 힘을 보태니, 그 재주와 영민함을 누가 당할 수 있겠는가. 충렬이 밤낮으로 공부에 몰두하더라.

* 합장배례(合掌拜禮) | 두 손바닥을 마주 대며 절함.

반역

도총대장 정한담과 병부상서 최일귀는 자신들이 항상 꺼려하던 유심과 강희주를 만 리 밖으로 귀양을 보내고는 조정의 모든 신하를 자신의 휘하에 끌어 모아 황제 자리를 차지하고자 했다. 정한담도 본래 하늘나라의 익성으로, 신기한 병법과 둔갑하여 몸을 숨기는 술법과 하늘로 오르고 땅속으로 들어가는 책략과 몸을 변화하여 귀신이 되는 술수와 불을 잡고 물을 막는 방책을 배워 통달하고 있었으니, 인간 세상의 사람으로 당할 자가 없었다. 또한 정한담은 가장 높은 벼슬자리를 차지하고 있었으니, 그가 반란을 일으킴에 나라가 어찌 무사할 수 있겠는가.

영종황제가 즉위한 지 삼 년이 되는 봄 정월正月이었다. 나라의 운수가 불행하여 남흉노南匈奴의 선우單于가 황제 자리를 차지하고자 북쪽 오랑캐와 힘을 합하고 서천 삼십육도三十六道의 군장郡長과 남쪽의 오랑캐인 가달, 토번吐蕃 등 다섯 나라와 합세하여 팔천여 명의 장수와 오백만의 정예 병사를 이끌고 밤낮으로 행군하여 진남관에 웅거하였다.

평화롭게 살던 백성이 뜻밖에 난리를 만나 산등성이로 오르고 들판으로 흩어져 사방으로 피란하니, 쌓아 놓았던 땔감도 다 써 버리고 창고의 곡식도 모두 없어져 버렸다.

황제는 정월 보름날에 호산대에 올라 보름달을 구경하다가 궁궐로 돌아와 크게 잔치를 베풀고 신하들과 함께 즐기고 있었는데, 뜻밖에 진남관의 수문장이 장계狀啓를 올렸다.

남쪽 오랑캐가 강성하여 다섯 나라와 힘을 합해 진남관 백 리 안에 가득하옵니다. 백성을 해치고 재물을 뺏고 황성을 치려고 하오니 바삐 군대를 보내시어 도적을 막으소서.

황제는 장계를 보고 매우 놀라 여러 신하를 모아 놓고 의논을 하였다. 정한담과 최일귀는 이 말을 듣고 크게 기뻐하더니 급히 별당으로 들어가 옥관도사에게 오랑캐가 일어났다는 말을 하고 자신이 황제가 되고자 하는 일에 대해 물었다. 옥관도사는 문밖으로 나와 하늘의 기운을 살폈다.

"때가 되었도다. 때가 되었도다. 신기한 영웅이 황성 안에 있나 했더니 이제 죽었으며, 때맞추어 오랑캐가 일어났으니, 이는 그대가 황제가 될 운수라. 급히 공격하여 기회를 잃지 마라."

정한담이 이 말을 듣고 크게 기뻐하며 최일귀와 함께 갑옷과 투구를 갖추고 대궐로 들어갔다. 황제는 여러 신하와 오랑캐를 물리칠 계책을 의논하고 있는데, 궐 안에 바람이 일어나더니 한 대장이 계단 아래에 엎드리며 아뢰었다.

"소장 등이 비록 재주는 없사오나 한 번 나가 남쪽 오랑캐를 모두 몰살하여 폐하의 근심을 덜고 공을 세우고 싶습니다."

이 말에 모두 바라보니, 키가 십여 척에 얼굴이 웅장하며 황금투구에 녹운포綠雲袍를 입은 것은 도총대장 정한담이요, 얼굴빛이 숯먹 같고 눈빛이 황홀하며 백금투구에 홍운포紅雲袍를 입은 것은 병부상서 최일귀였다.

황제가 크게 기뻐하며 두 장수의 손을 잡고 말했다.

"경卿 등의 충성과 지략은 짐이 이미 알고 있도다. 남쪽 오랑캐를 모두 물리쳐 짐의 근심을 덜도록 하라."

두 장수는 황제의 명령을 받고 각각 물러나와 정예 병사 오천 명씩을 거느리고 행군하여 진남관에 진을 쳤다. 그러고는 그날 밤에 군사 한 명만을 깨워 가만히 항복하는 문서와 편지를 써서 적진에 보내고 회답을 기다렸다. 그 군사가 적진에 들어가 적장에게 항서와 편지를 올리니 적장이 크게 기뻐하며 뜯어 읽어 보았다.

남경의 장수 정한담과 최일귀는 편지를 남진南陳 대장의 처소에 올리나이다. 우리 두 사람은 진심으로 충성을 다해 국가에 공을 세우고 백성에게 덕을 베풀며 지극한 정성으로 황제를 받들어 모셨습니다. 하지만 아직 우리를 알아주는 어진 임금을 만나지 못해 항상 마음속에 불만이 있습니다. 대장부가 세상에 태어나서 어찌 오래도록 남의 신하 노릇만 하겠습니까. 남자가 자신의 꽃다운 이름을 후세에 남기려 한다면 마땅히 더러운 이름 또한 오래도록 남겨야 한다고 했으니, 이때를 맞이하여 어찌 기묘한 계책이 없겠습니까. 우리 두 사람을 선봉으로 삼으시면 황제가 항복할 것이니, 그대의 뜻을 알고자 하옵니다. 회답을 보내소서.

적장이 그 글을 보고 매우 기뻐하며 말했다.

"우리가 남경으로 나올 때 도사가 정한담과 최일귀가 있음을 염려했도다. 하지만 이제 저희가 먼저 항복하고자 하니, 이는 하늘과 귀신이 우리를 돕는 것이다."

즉시 회답을 써 주니, 그 군사가 급히 본진으로 돌아와 답서를 올렸다.

> 그대의 마음이 우리 마음과 같도다. 원하는 대로 선봉을 맡길 것이니 오늘밤에 반갑게 만나도록 하자.

회신을 보더니 정한담과 최일귀가 갑옷과 투구를 갖추고 적진으로 들어갔다.

중군장이 급히 황성으로 올라가 정한담과 최일귀가 적과 내통한 일을 상세히 황제에게 고했다. 황제가 이 말을 듣고는 용상龍床 밑으로 떨어져 발을 굴렀다.

"정한담과 최일귀가 적장에게 항복하였으니, 적진은 범이 날개를 얻은 것과 같고, 짐은 용이 물을 잃은 것과 같도다. 이제 어찌할 도리가 없구나."

성안에 남아 있던 군사를 한 명도 빠뜨리지 않고 모두 모으고, 각 도道 각 읍邑마다 공문을 보내 군사와 군량軍糧을 준비하게 하고, 우승상 조정만에게 도성都城을 지키게 한 후, 태자를 중군中軍으로 정하시고, 황제가 친히 후군後軍이 되어 행군을 재촉하니, 군사가 십여 만이요 장수는 백여 명이나 되었다.

북을 치며 행군을 재촉할 때, 예전에 길주자사로 갔던 이행이 문밖에 엎드려 아뢰었다.

"소신이 재주는 없사오나 나라에 어려운 때를 당하여 신하된 자의 도리로 어찌 사직社稷을 돕지 아니하겠습니까? 소신으로 선봉을 삼아 주옵소서."

황제가 크게 기뻐하며 즉시 이행을 선봉으로 삼았다.

정한담과 최일귀는 적진에 항복한 후 정한담이 선봉장이 되고 최일귀는 중군장이 되어 의기양양하게 황성을 쳐들어갔다. 깃발과 창검은 팔공산의 나무같이 벌여 있고, 투구와 갑옷은 추운 겨울날 쏟아지는 햇빛같이 눈부셨다. 쇠북소리와 함성소리는 천지를 진동하고, 목탁과 나팔은 강산을 뒤덮는 듯했다. 순식간에 들어와 금산성 백 리 벌판에 빈틈없이 벌여 서서 안팎으로 진을 치고, 도사가 진중에서 기운을 살피면서 싸움을 재촉하였다. 이때 적진 중에서 포砲 소리가 나더니 한 장수가 내달으며 외쳤다.

"명나라의 진중에 이 천극한의 적수가 있거든 빨리 나와 대적하라."

이 소리에 명 진중에서 대응하는 포를 쏘고는 좌익장 주선우가 맞서 소리치며 달려들어 싸웠다. 양 진영의 군사들은 첫 싸움이라 대오隊伍를 갖추지 못하고 승부를 구경하고 있었는데, 몇 번 겨루지 않아 극한의 칼이 번쩍하더니 주선우의 머리가 말 아래로 떨어졌다. 좌익장이 죽는 것을 보더니 명 진중에서 또 한 장수가 큰소리를 치며 달려 나왔다.

칠십육

"극한은 가지 말고 최상정의 칼을 받으라."

극한이 다시 최상정에게 달려들어 그의 칼이 번쩍하더니 최상정의 머리가 떨어졌다. 명 진중에서 우익장의 죽음을 보고 왕공열이 소리치며 또 달려들었다. 극한과 왕공열이 싸우는데, 왕공열 또한 제대로 겨루어 보지도 못하고 거의 죽게 되니, 명 진중에서 여덟 대장군大將軍이 한꺼번에 왕공열을 구하러 달려 나왔다. 이에 한진이 극한과 힘을 합해 여덟 장수와 맞서 싸우는데, 한진은 서쪽을 치고 극한은 동쪽을 치니, 이들이 휘두르는 칼에 죽는 군사가 얼마나 되는지 알 수 없을 정도였다. 채 세 번을 겨루지 않아서 극한의 창검 끝에 여덟 장수가 모두 죽으니, 태자가 중군에 있다가 여덟 장수가 죽는 것을 보고 분한 마음을 참지 못하여 말을 타고 진문 밖에 나서며 소리쳤다.

"이 무도한 남쪽 오랑캐 놈아. 하늘이 정해 준 운명을 거역하고자 하니, 그 죄 죽어도 애석하지 않다. 너희 가운데 정한담과 최일귀의 머리를 베어 명 진중으로 보내는 자가 있으면 내 그에게 옥새玉璽를 전하리라."

태자가 극한을 맞아 싸우고자 하니, 선봉장 이행이 이 말을 듣고 달려왔다.

"태자께서는 아직 분을 참으소서. 소장이 극한을 잡겠습니다."

이렇듯 외치며 나는 듯이 들어가 왼손에 든 칼로 극한의 머리를 베고, 오른손에 긴 창을 들고 한진의 머리를 베어, 두 손에 갈라 들고 좌우로 충돌하여 본진으로 돌아왔다. 적진 가운데서 이를 본 정한담이 장막 밖으로 나서며 말을 타고 아홉 척이나 되는 긴 칼을 높이 들고 바로 명진으로 달려가 단칼에 함몰시키려 했다. 이때 오랑캐의 선봉장인 정문걸이 달려 나와 정한담을 부르며 말했다.

"대장은 분을 참으소서. 소장이 이행을 잡아오겠습니다."

창을 번득이며 말을 타고 달려 나와 싸우는데, 채 한 번도 겨루어 보지 못하고 정문걸의 칼이 빛나더니 이행의 머리가 말 아래로 떨어졌다. 정문걸은 이행의 머리를 칼끝에 꿰어 들고 본진으로 향하다가 다시 명진의 선봉으로 짓쳐 들어갔다.

"명진은 불쌍한 인생을 죽이지 말고 빨리 항복하라."

이렇게 외치며 순식간에 선봉을 다 베고 중군으로 달려 들어왔다. 태자는 중군을 지키다가 당해 내지 못할 줄 알고 후군과 황제를 모시고 금산성으로 도망했다.

정문걸은 명진의 장수들을 모두 다 죽이고 명나라 황제를 찾았으나 도망하고 없었다. 명군의 장비와 군복을 모두 다 탈취한 후 본진으로 돌아와 정한담에게 바로 달려 들어갔다. 황제가 망극하여 옥새를 땅에 놓고 하늘을 우러러 통곡하면서 말했다.

"짐이 지혜롭지 못하여 선황제께서 이룩한 사백 년의 왕업王業을 하루아침에 정한담에게 잃게 되니, 이는 호랑이를 길러서 근심을 사게 된 꼴이다. 누구를 원망하리오. 모두 다 짐의 불찰이라. 죽어 황천에 돌아간들 선황제를 어찌 보며 살아 있은들 오랑캐 놈에게 어찌 무릎을 꿇겠는가."

황제의 통곡 소리에 금산성이 떠나갈 듯했다. 이때 수문장이 해남 절도사가 군병을 거느리고 왔다고 보고하니, 황제가 매우 기뻐하며 빨리 들어오라 했다. 절도사는 군사 십만 병을 거느리고 성안으로 들어가 황제를 뵈었다. 황제가 즉시 절도사를 선봉으로 삼아 도적을 막으라고 명하시니, 절도사가 명령을 받고 성 아래에 진을 쳤다.

정한담이 도성으로 들어가 용상에 높이 앉아 호령하니, 조정의 모든 관리가 하루아침에 항복하고, 성안에 가득한 백성이 도적의 밥이 되어 물 끓듯 하였다. 정한담이 삼군三軍을 재촉하여 옥새를 빼앗고자 금산성 아래에 다다르니, 명진의 군사들이 길을 막았다. 정문걸이 홀로 말을 타고 창을 휘두르며 명진으로 짓쳐 들어가 좌우로 충돌하니, 온몸이 칼날이 되어 그의 앞에 있는 장졸의 머리가 가을바람에 낙엽 지듯 떨어지고, 호랑이 앞에 도망가는 토끼와 같았다. 순식간에 명나라 군사를 다 죽이고 산성문 밖에 달려들어 성문을 두드리며, "명나라 황제야, 옥새를 내놓아라!" 하는 소리 금산성이
무너지며 강산이 뒤엎어지는 듯했다.

성안에 있는 군사들의 혼이 나갔으니 그 아니 가련한가.

　황제와 조정만은 황급히 북문을 열고 도망하여 바위틈에 몸을 숨겼다. 태자는 황후와 태후를 모시고 도망하려 했으나, 정문걸이 성안으로 들어와 황제를 찾다가 도망가고 없자 황후와 태자를 붙잡아서 본진으로 돌아왔다. 정한담이 황후를 결박하여 진 앞에 꿇리고 황제가 간 곳을 말하라고 다그쳤으나, 황후는 망극하여 대답하지 아니했다. 좌우에 서 있던 군사들이 창검을 갈라 들고 옥체玉體를 겨누면서 바른대로 말하라고 위협하니, 황후가 몹시 당황하여 허둥대면서 대답했다.

　"이 몸은 계집이라. 성안에 묻혀 있다가 뜻밖에 난리를 당하였고, 폐하는 밖에 있었으므로 살았는지 죽었는지, 살았으면 어디 계시는지 전혀 알지 못하노라."

　정한담이 분노하여 황후와 태자를 진중에 두어 굶게 하고, 용상에 높이 앉아 황제처럼 굴면서 군사를 호령했다.

　"명제를 사로잡는 자에게는 천금의 상을 주고 높은 벼슬을 내리리라."

　군사들이 정한담의 명령을 듣고는 각기 자기 진으로 돌아갔다.

　황제는 금산성에서 도망하여 조정만과 함께 산골짜기 사이에 몸을 숨기고 있다가, 황태후가 적진에 잡혀가 죽게 되었다는 말을 듣고는 통곡하다가 바위 아래로 떨어져 죽으려고 하였다. 조정만이 황제를 붙들어 구한 뒤, 황제를 업고 명성원으로 도망가면서 황제에게 여쭈었다.

　"남경이 힘을 모두 소진하였습니다. 도적 정한담을 잡기는 고사하고 정문걸을 잡을 장수도 없습니다. 이제 산동 육국六國에 구원병을 청하여 싸우다가, 일이 제대로 되지 아니하거든 옥새를 가지고 소신과 함께 용동수에 빠져 죽는 것이 좋겠습니다."

황제는 이 말이 옳다고 생각해 조서詔書를 써 산동 육국에 급히 보내 구원병을 청했다. 육국왕이 이 조서를 보더니 각각 군사 십만 병과 장수 천여 명을 모와 급히 남경 명성원으로 보냈다.

육국이 합세하여 호산대 넓은 벌판을 빈틈없이 행군하여 들어오니, 황제가 매우 기뻐했다. 군사들 속으로 들어가 위로하시고 적진의 형세와 그동안 여러 차례 패한 일을 낱낱이 말씀하셨다. 그런 후에 적응을 선봉으로 삼고 조정만을 중군으로 삼아 황성으로 들어오니, 그 웅장한 거동은 가을 서리와 같았다. 백사장 백 리에 군사들이 늘어서서 들어오니, 남경이 비록 힘을 다 소진하였다고는 하나, 아직 무서운 것이 황제의 위엄威嚴이었다. 구원병이 금산성 아래에 진을 치고 싸움을 돋우니, 정문걸이 선봉에 있다가 홀로 말을 타고 창을 들고 나오거늘, 정한담이 문걸을 불러 말했다.

"적병의 기세가 저렇듯 장엄한데 장군은 어찌 이를 가볍게 여기고 가려 하시오."

"폐하, 어찌 소장의 재주를 쉽게 아십니까? 많게는 군졸 사십만 명과 백 명의 기마병을 한 칼에 다 죽였습니다. 남경이 비록 육국에 구원병을 청하여 수많은 군사가 왔으나 소장의 칼끝에서 죽는 구경을 앉아서 하시옵소서."

정한담이 매우 기뻐하며 장수의 지휘대에 높이 앉아 싸움을 구경하니, 정문걸이 창과 칼을 좌우에 갈라 잡고 말 위에 높이 앉아 나는 듯이 들어가며 크게 호통을 친다.

"명제야, 옥새를 가져왔느냐? 너를 잡으려 하였더니 이제야 왔구나. 이를 두고 이른바 봄 꿩이 제 스스로 운다고 하는 것이로다. 어서 빨리 항복하여 남은 목숨을 보존하라."

억만 군사들 사이를 제 마음대로 다니면서 동쪽의 장수를 치는 듯 남쪽의 장수를 베고, 북쪽의 장수를 베는 듯 서쪽의 장수를 쓰러뜨리니, 죽는 군사가 산처럼 쌓이고, 흐르는 피가 내를 이루었다. 항우가 강동을 건너 함곡관을 부수는 듯, 조자룡*이 산양수 건너 삼국의 구원병을 짓치는 듯, 정문걸이 닿는 곳마다 싸울 군사 없으니 그 아니 망극할까.

황제는 조정만과 옥새를 가지고 용동수에 빠져 죽으려고 했으나 용동수로 도망할 길조차 없어 하늘을 우러러 탄식만 할 뿐이었다.

---

* 조자룡(趙子龍) | 『삼국지』에 나오는 용맹한 장수. 이름은 조운, 자는 자룡으로 상산 사람이다. 의리와 충정으로 유명한 인물이다.

팔십이

황제를 구하다

유충렬은 서해 광덕산 백룡사에 있으면서 노승과 함께 서로의 마음을 잘 아는 친밀한 사이가 되어 세월을 보내고 있었다. 때는 부흥 13년 가을 7월 보름이었다. 찬바람이 쓸쓸히 불고 낙엽이 떨어져 날리자, 충렬은 고향을 생각하고 제 신세를 생각하며 달빛 가득한 깊은 밤에 홀로 앉아 슬픔에 젖어 있었다. 그때 노승이 밖에 나갔다 들어오며 충렬을 불러 말했다.

"상공은 오늘밤 하늘의 별을 보았나이까?"

충렬이 놀라 급히 나와 보니, 황제의 자미성이 떨어져 명성원에 잠겨 있고, 남경에 살기殺氣가 가득했다. 방으로 들어와 한숨짓고 눈물 흘리니 노승이 말했다.

"병난兵亂은 남경에서 났는데 산중에 피난해 있는 사람이 무슨 근심이 있습니까?"

충렬이 울며 말했다.

"소생은 남경에서 대대로 벼슬을 하던 집안의 사람이옵니다. 나라에 이러한 변란이 일어났는데 어찌 근심이 없겠습니까. 하오나 맨손에 빈 몸으로 멀리 만 리 밖에 있사오니 한탄한들 무엇하겠습니까."

그러자 노승이 웃으며 벽장을 열고 옥함을 내어 놓았다.

"이 옥함은 용궁의 조화造化이옵니다. 옥함을 싸맨 수건에 적힌 글씨가 누구의 필체인지 자세히 보십시오."

충렬이 의심스레 옥함을 살펴보니,

남경 도원수 유충렬은 열어 보아라.

라고 금金으로 글자가 새겨져 있었다. 싸맨 수건을 끌러 보니,

모년 모월 모일에 남경 동성문 안에 사는 충렬의 모친 장부인은 내 아들
　충렬에게 부치노라.

라고 쓰여 있었다. 충렬이 수건과 옥함을 붙들고 큰소리로 통곡하니
노승이 위로했다.

　"소승이 수년 전에 절을 새로 고치기 위해 시주를 얻으려고 번양에
간 일이 있었습니다. 회수에 다다르니 기이한 오색구름이 수건에 덮여
있기에 급히 가서 보니 옥함이 물가에 놓여 있었습니다. 임자를 찾아
주려고 가져다가 간수하였는데, 오늘 보니 상공이 전쟁에서 사용할 물
건들이 옥함 속에 있는가 보옵니다."

　예전에 회수의 사공 마철이가 물속에서 잠수질하다가 큰 거북이 옥
함을 지고 나오는 것을 보고 거북을 죽이고 옥함을 가져다가 제 집에
두었는데, 장부인이 마철의 집에서 가지고 나와 수건에 글을 쓰고 회
수에 넣었던 바로 그 옥함이었다. 그런데 백룡사 스님이 가져다가 이
날 충렬에게 준 것이었다.

　"이것이 정말로 나의 물건이라면 옥함이 열릴 것입니다."

　충렬이 옥함을 안고 위짝을 열어 보니 빈틈없이 물건이 들어 차 있
었다. 자세히 보니 갑옷과 투구 한 벌에 장검長劍 하나와 책 한 권이 들
어 있었다. 투구를 보니 금도 아니고 옥도 아닌 것이 광채가 찬란하여
눈이 부셨다. 그 속을 살펴보니 '일광주日光胄'라는 글자가 금빛으로
새겨져 있었다. 갑옷을 보니 용궁의 조화가 분명했다. 무엇으로 만들
었는지는 알 수 없으나, 옷깃 밑에 금으로 글자가 새겨져 있었다. 또

장검은 칼의 머리와 꼬리가 없었다. 「신화경」을 펼쳐 놓고 칼 쓰는 법을 보니,

　　갑주를 입은 후에 「신화경」을 보고 나서 하늘 위의 대장성을 세 번 보면
　사린 칼이 절로 펴져 변화가 무궁하리라.

고 써 있었다. 즉시 시험해 보니, 십 척이나 되는 장검이 번쩍하며 사람을 놀라게 했다. 장검의 한가운데에 대장성이 샛별같이 박혀 있고 '장성검將星劍'이라는 글자가 금으로 새겨져 있었다. 충렬은 이 모두를 다 행장에 간수하고 노승에게 말했다.

"하늘의 도우심으로 대사를 만나 갑주와 창검을 얻었으나, 용마龍馬가 없으니 무슨 쓸모가 있겠습니까."

"옥황상제께서 장군을 대명국에 보낼 때 사해四海의 용왕이 어찌 몰랐겠습니까? 수년 전에 소승이 서역에 갈 때 백룡암에 이르니 어미 잃은 망아지가 누워 있었습니다. 망아지를 데려와 송림촌의 촌장村長에게 맡겼으니, 그곳을 찾아가 그 말을 얻은 후 지체하지 말고 급히 황성으로 달려가십시오. 지금 황제의 목숨이 위태로우니 어서 가서 구하소서."

충렬이 이 말을 듣고 송림촌을 바삐 찾아가 촌장을 만난 후에 말을 구경하게 해 달라고 부탁했다. 말이 제 임자를 만나더니 벽력같이 소리치며 높이가 백여 길이나 되는 토굴을 넘어 뛰어나와 충렬에게 달려들었다. 충렬의 옷도 물고 몸도 대어 보는데, 그 웅장한 거동은 붓으로

다 기록하기 어려울 정도였다. 깊은 산의 용맹스런 호랑이가 냅다 선 듯, 북해 흑룡이 푸른 하늘을 날아오르는 듯, 강산의 정기는 눈빛에 서려 있고, 나는 용의 조화가 네 발굽에 번듯했다. 턱 밑에 '사송천사마賜送天賜馬'라는 글자가 용의 비늘로 새겨져 있으니, 충렬이 매우 기뻐하며 촌장에게 말을 사겠다고 했다. 그러자 촌장이 웃으면서 말했다.

"몇 년 전에 백룡사 스님이 이 말을 맡기며 '이 말을 길러내어 임자를 찾아 주라' 하기에 길러왔습니다. 이 말이 장성長成함에 잡을 길이 없어 토굴에 가두었는데, 수많은 사람이 구경을 했으나 한 사람도 가까이 가지 못했습니다. 그런데 오늘 그대를 보고 제 스스로 찾아오니, 스님이 이르던 임자가 바로 그대임이 분명합니다. 하늘이 주신 보배를 어찌 팔 수 있겠습니까? 물건에는 각기 주인이 있다고 하니 가져가옵소서."

충렬은 매우 기뻐 말안장을 갖추어 타고 촌장을 하직하고는 광덕산으로 가서 노승에게 감사의 인사를 드렸다. 몇 년 동안 무척이나 정들었던 터라, 충렬이 하직하려 하자 여러 스님이 이별을 몹시 아쉬워했다.

충렬은 스님들을 하직하고 말 위에 높이 앉아 남경을 바라보며 말에게 경계하여 말했다.

"하늘이 나를 내시고 용왕이 너를 내신 것은 그 뜻이 모두 다 남경을 돕게 하기 위함이라. 이제 남쪽 오랑캐가 강성한 힘만 믿고 황성에 침입하여 황제의 목숨이 경각頃刻에 있다 하니, 대장부 급한 마음 잠시도 지체할 수 없다. 너는 힘을 다하여 순식간에 남경에 도달하게 하라."

천사마가 충렬의 말을 알아듣고 푸른 하늘을 바라보며 벽력같이 소리를 지르고는 흰 구름을 헤치고 나는 듯이 달려갔다. 말에 탄 사람은 하늘이 내린 사람이요, 말은 나는 용이라. 바람같이 남경으로 달려오니, 금산성 넓은 벌판에 살기가 하늘을 찌르고 황성문 안에는 울음소리가 진동하였다.

황제는 중군 조정만과 함께 옥새를 가지고 도망하여 용동수에 빠져 죽고자 했으나 적진을 벗어날 길이 없어 어쩔 줄 모르고 있었다. 그런데 북쪽에서 수많은 군사와 말이 달려들어오며 황제를 부른다. 황제는 명나라 군사가 오는 줄 여겨 반가워 바라보니, 남쪽 오랑캐와 내통한 마룡이 진공이라는 도사를 데리고 황제를 치려고 억만 군병을 이끌고 들어오고 있었다. 정한담은 스스로 황제가 되어 신하들을 거느리고 최일귀는 대장이 되어 삼군을 통솔하고 있는데다 북쪽의 오랑캐까지 합세하니, 그 형세의 웅장함은 만고에 으뜸이었다.

선봉장 정문걸이 의기양양하여 명진 육국의 구원병을 한 칼에 다 무찌르고 선봉을 헤치며 진중으로 짓치어 들어오면서 말했다.

"명나라 황제야, 항복하라. 내가 한 칼로 육국의 구원병을 다 죽였고 또 북쪽의 오랑캐까지 합세하였으니, 네 어찌 당할 수 있겠느냐. 빨리 나와 항복하여 너의 어미와 아들을 찾아가라."

황제가 어쩔 수 없어 옥새를 목에 걸고 항복 문서를 손에 들고 항복하려 하니, 중군 조정만과 명진에 남은 군사들이 어찌 한심하고 슬프지 않겠는가. 황제가 명성원이 떠나가도록 큰소리로 통곡하며 항복하러 나오더라.

충렬이 금산성 아래에서 바라보고 있다가 형세가 위급한 것을 보고, 일광주 용린갑龍鱗甲에 장성검을 높이 들고 천사마를 채찍질하여 바삐 중군의 처소로 가 조정만에게 나가서 싸우기를 청하니, 조정만이 급히 나와 충렬의 손을 잡고 울며 말했다.

"그대의 충성은 지극하나 지금 황제께서 항복하려 하시고 또한 적진의 형세 저렇듯 대단하니 그대의 청춘이 전쟁터에서 백골이 될 것이로다. 이 어찌 원통하고 망극한 일이 아니겠는가."

충렬이 분한 마음을 이기지 못하고 진문 밖으로 나서면서 벽력같이 소리치며 적장을 불렀다.

"이놈 역적 정한담아! 남경 동성문 안에 사는 유충렬을 아느냐 모르느냐. 어서 나와 목을 내 놓아라."

이 소리에 양진이 모두 놀라며 천지 강산이 진동했다. 정문걸이 매우 놀라 돌아보니 일광주에서 발하는 빛에 눈이 부시고, 용린갑은 온몸을 가리었으며, 천사마는 하늘을 나는 용이 되어 구름 속에 싸여 있다. 공중에서 소리만 나고 눈에는 보이지 아니하니, 정문걸이 창검만 높이 들고 주저주저 하고 있었다. 그때 벽력같은 소리가 나면서 장성검이 번쩍하더니 정문걸의 머리를 공중에서 베어 들고는 충렬이 중군으로 돌아온다. 조정만이 엎어지며 문밖으로 급히 나와 충렬의 손을 잡고 들어갔다.

황제가 옥새를 목에 걸고 항서를 손에 들고 진문 밖으로 나오다가 보니, 뜻밖에 호통 소리가 들리더니 어떤 한 대장이 정문걸의 머리를 베어 들고 중군으로 들어간다. 매우 놀라고 또 기뻐서 중군을 급히 불

러 말했다.

"적장을 베던 장수의 성명이 무엇이냐? 빨리 데리고 들어오라."

충렬이 말에서 내려 황제 앞에 엎드리니, 황제가 급히 물었다.

"그대는 누군데 죽을 사람을 살리는가?"

충렬이 저의 부친과 장인의 죽음을 원통하고 분하게 여겨 통곡하며 아뢰었다.

"소장은 동성문 안에 살던 정언 주부 유심의 아들 충렬이옵니다. 사방을 떠돌아다니며 빌어먹으면서 만 리 밖에 있다가 아비의 원수를 갚으려고 여기 잠깐 왔습니다. 폐하께서는 정한담에게 핍박을 당하실 줄 꿈에도 생각지 못하셨습니까? 예전에 정한담을 충신이라 하시더니 충신도 역적이 되나이까? 그놈의 말을 듣고 충신을 멀리 귀양 보내어 다 죽이고 이런 환란을 당하시니 천지가 아득하고 해와 달이 빛을 잃은 듯하옵니다."

슬피 통곡하며 머리를 땅에 두드리니, 산천초목山川草木도 슬퍼하며 진중의 군사들도 눈물을 흘리지 않는 자가 없었다.

황제는 이 말을 듣고 더할 나위 없이 후회스러웠으나, 할 말이 없어 우두커니 앉아 있었다. 적진에 잡혀갔던 태자가 본진에서 정문걸의 목을 베는 것을 보고 적진을 빠져나와 황제 곁에 앉아 있었는데, 충렬의 말을 듣더니 버선발로 내려와 충렬의 손을 붙잡고 말했다.

"경이 이게 웬 말인가? 옛날 주나라 성왕도 관숙과 채숙의 말을 듣고 주공을 의심하다가 잘못을 깨닫고 뉘우쳐 훌륭한 임금이 되었도다. 충신이 죽는 것은 다 하늘이 정한 것이라. 그런 말은 하지 말고 충성을 다해 황제를 도우라. 그러면 태산 같은 그 공로는 천하를 반분半分해 보답하고 하해 같은 그 은혜는 죽은 뒤에라도 갚으리라."

충렬이 울음을 그치고 태자의 얼굴을 보니 황제의 기상이 뚜렷하고 성스러운 임금이 될 듯했다. 투구를 벗어 땅에 놓고 황제 앞에 사죄하여 말했다.

"소장이 아비의 죽음 때문에 한탄하고 분한 마음이 있어 지나친 말

씀을 폐하게 아뢰었으니 죽을죄를 지었습니다. 소장이 죽는다 해도 어찌 폐하를 돕지 아니하오리까?"

황제가 충렬의 말을 듣고 친히 계단 아래로 내려와 투구를 씌워 주면서 손을 잡고 말했다.

"과인寡人은 보지 말고 그대의 선조가 나라를 세우던 일만 생각하여 나라를 도와주면 태자 하는 말대로 그대의 공을 갚으리라."

충렬이 명령을 받고 물러 나와 장수의 지휘대에 높이 앉아 군사를 통솔하니, 피로하고 병든 장수와 병졸 일이백 명에 불과했다. 황제가 삼층으로 쌓아올린 단 위에 높이 앉아 하늘에 제사하고 대장군의 징표인 도장과 칼을 끌러내어 충렬에게 주셨다. 또 대장이 지휘하는 깃발에 친필로 '대명국 대사마 도원수 유충렬'이라 뚜렷이 써서 주셨다. 유원수가 황제의 은혜에 감사하고 물러 나와 진법陳法을 시험하는데, 긴 뱀 모양의 장사일자진長蛇一字陳을 쳐 머리와 꼬리를 서로 합치게 하고는 군사들에게 호령했다.

"남과 북의 적병이 비록 억만 병이라 할지라도 나 혼자 감당할 수 있다. 그러니 너희 등은 대오*를 잃지 마라."

적 진중에서 정문걸의 죽음을 보더니 서로 나와 싸우려 했다. 삼군대장三軍大將 최일귀가 분한 마음을 이기지 못하여 푸른 도포를 구름처럼 드리운 갑옷에 백금으로 된 투구를 쓰고 긴 창과 큰 칼을 좌우 두

* 대오(隊伍) | 편성된 대열.

손에 갈라 들고 적제마赤蹄馬를 채찍질하여 나는 듯이 달려들면서 외쳤다.

"적장 유충렬아! 네 아직 철이 없어 남북의 강병强兵 억만 군사를 업신여기니 빨리 나와 죽어 보라."

유원수가 장수의 지휘대에 있다가 최일귀란 말을 듣더니 급히 나와 맞받아 소리쳤다.

"정한담은 어디 가고 어찌 너만 나왔느냐. 너희 두 놈을 처단하여 우리 부모 혼령 앞에 절하고 바치리라."

소리치며 달려들어 장성검을 휘두르니 최일귀의 긴 창과 큰 칼이 깨어져 부서졌다. 최일귀가 매우 놀라 철퇴鐵槌로 치려 했으나 유원수의 몸이 보이지 않았다. 적 진중에서 옥관도사가 싸움을 구경하다가 크게 놀라 급히 꽹과리를 쳐 최일귀를 돌아오게 하니, 일귀가 본진으로 겨우 돌아와 정신을 잃었다.

북쪽 오랑캐의 선봉인 마룡은 천하의 명장이라. 최일귀가 충렬을 잡지 못하고 돌아온 것을 분하게 여겨 진문을 헤치며 말했다.

"대장은 어찌하여 조그마한 아이를 살려 두고 오십니까? 소장이 잡아오겠습니다."

마룡이 나는 듯이 달려 나가려 할 때, 북적의 진중에서 진진도사가 나와 마룡의 말머리를 잡고 말했다.

"대장은 가지 마소서. 적장의 갑주와 창검을 보니 이는 용궁의 것이라. 몇 년 전에 대장성이 남경에 떨어졌는데, 지금 적장의 검술을 보니 북두성 대장성이 칼 빛에 응하고, 일광주와 용린갑은 온몸을 가리었고, 사람은 천신이요, 말은 비룡이니, 누구도 당해 내기 어렵소이다.”

마룡이 분노하여 도사를 꾸짖으며 말했다.

“대장부 앞에 요망한 도사 놈이 무슨 잔말을 하느냐? 어서 빨리 물러서라.”

진진이 생각하니 머지않아 큰 변고가 있을 것이라. 진중에 들어가지 않고 좁은 길로 도망하여 싸움을 구경했다.

마룡이 왼손에 삼천 근이나 되는 철퇴를 들고 오른손에 창검을 들고 호통을 치며 달려 나와 유원수를 맞아 싸우는데, 일광주 빛에 쏘이자 두 눈이 컴컴하여 정신이 없었다. 구름 속에서 무슨 소리가 나더니 칼에서 빛이 비치기에 마룡이 유원수를 치려 했으나 오히려 장성검이 번쩍 하더니 마룡의 손을 쳤다. 철퇴 든 왼팔이 땅에 떨어지니 마룡이 크게 놀라서 공중으로 솟구쳐 오른손에 들고 있던 칼로 번개처럼 내려쳤다. 그러나 마룡의 긴 칼이 오히려 산산히 부서져 빈 자루만 남은지라. 제 아무리 이름난 장수라 한들 맨손으로야 어떻게 당해 낼 수 있겠는가. 본진으로 도망가려고 할 때 벽력같은 소리가 진동하며 장성검이 번쩍 하더니 마룡의 머리가 안개 속에 떨어졌다. 유원수가 마룡의 목은 본진에 던지고 몸은 적진에 던지며 말했다.

“이봐 정한담아. 빨리 나와 죽기를 재촉하라. 네놈도 이같이 죽이리라.”

유원수가 소리치며 마음대로 다녀도 공중에서 소리만 날 뿐 몸은 보이지 않으니 적진이 크게 놀라 혼이 나간 듯했다.

정한담이 크게 화가 나서 용상을 치며 말했다.

"억만 군사 중에 충렬을 잡을 자가 없느냐?"

이 말에, 최일귀가 형사마를 비껴 타고 십 척 장검을 빼어들며 진문 밖으로 썩 나섰다.

"대장은 아직 참으소서. 소장이 상대하리다."

소리치며 나는 듯이 들어가 충렬에게 외쳤다.

"적장 유충렬은 승부를 가리지 못했던 싸움을 이제 끝장내자."

이 말을 듣고 유원수가 천사마에 뛰어오르니, 왼손에 든 「신화경」은 신장神將을 호령하고 오른손에 든 장성검은 해와 달을 희롱했다. 적진을 바라보고 나는 듯이 들어가니 온몸에서 빛이 나가는 줄을 모르겠다. 최일귀를 맞아 싸움을 시작하자마자 장성검이 번쩍 하더니 일귀의 머리를 베어 칼끝에 꿰어 들고 본진으로 돌아와 황제 앞에 바쳤다.

"이것이 최일귀의 머리가 틀림없사옵니까?"

황제가 최일귀의 목을 보더니 유원수를 치하했다.

"짐이 현명하지 못하여 이놈의 말을 듣고 경의 부친을 성문 밖으로 내쫓았는데, 이놈이 나를 속이고 만 리 연경으로 보냈도다. 이제 그 치욕을 갚았으니 경의 은혜는 살을 베어 봉양한다 해도 부족하도다. 백골이 썩어 흙이 된다 해도 그 은혜를 어찌 다 갚으리오. 황태후는 어디 가시어 이놈 죽은 줄을 모르는가."

유원수의 손을 잡고 백 번이나 치하하니, 유원수가 더욱 감격해 머리를 숙여 인사드리고 물러 나왔다. 중군장 조정만도 즐거움을 참지 못하고 지휘대 아래로 내려가 백배 치하하며 더욱 즐거워했다.

정한담은 최일귀의 죽음을 보고 분노가 가슴으로 치밀어 올라 벽력같은 소리를 천둥같이 지르더니 긴 창과 큰 칼을 잡아 쥐고 앞으로 오백 보를 솟구쳐 뛰쳐나갔다. 신장을 불러 좌우에 거느리고 둔갑술遁甲術로 몸을 숨기더니 호통을 치며 유원수를 불렀다.

"충렬아 가지 말고 네 목을 빨리 바쳐라."

유원수가 정한담이 나오는 것을 보고 기뻐하며 나올 때, 황제가 유원수에게 당부했다.

"정한담은 최일귀나 마룡과는 다르다. 천신의 술법을 배워 만 명의 사람들도 당해 낼 수 없는 힘이 있으며, 그가 일으키는 변화는 헤아릴 수 없으니 각별히 조심하라."

유원수가 크게 웃고 진 앞으로 나와 정한담을 바라보니, 키가 십여 척인데다 얼굴이 웅장했다. 황금 투구를 쓰고 푸른 도포를 구름같이 드리워 입고, 하늘나라 익성翼星의 정신을 가슴속에 품고 조화를 부리니, 일대의 명장이요 역적이 될 만한 자였다. 유원수는 기운을 가다듬고 「신화경」을 펴 익성의 정신을 쇠약하게 한 후 장성검을 다시 닦아 찬란한 광채가 나게 한 다음 변화를 부려 몸을 감추고는 정한담에게 큰소리로 호통을 쳤다.

"네놈은 명나라 정종옥의 자식 정한담이 아니냐? 대대로 명나라에서 벼슬하고 어진 임금을 섬기다가 무엇이 부족하여 충신을 다 죽이고 부모의 나라를 치려 하느냐. 비단 천하의 사람뿐 아니라 지하의 귀신들도 너를 잡아 황제 앞에 받치고자 할 것이다. 너 같은 만고의 역적이 어찌 살기를 바라겠느냐. 네놈을 사로잡아 그간의 죄목을 모두 따진 후에 너의 살은 포육脯肉을 떠서 종묘宗廟에 제사하고 그 남은 고기는

받아다가 우리 부친 충혼당忠魂堂에 제사를 지내리라. 빨리 나와 나를 보라."

정한담이 분노하여 말을 타고 나오거늘, 유원수가 정한담을 맞아 싸웠다. 장성검을 높이 들어 정한담을 치려고 하는데 정한담은 간데없고 채색 구름이 뭉게뭉게 일어나더니 유원수의 장성검이 빛을 잃었다. 유원수가 크게 놀라 급히 물러 나와 얼른 「신화경」 한 편을 외운 후에 장성검을 세 번 쳐 바람의 신을 불러 채색 구름을 쓸어버렸다. 그런 뒤 적진을 살펴보니 정한담이 변신하여 채색 구름에 싸여 장검을 번득이며 유원수를 뒤따르고 있었다.

'정한담은 천신이라. 산채로 잡으려 하다가는 도리어 환을 당하리라.'

유원수가 깨닫고 다시 싸우러 나갔다. 진 앞에는 안개가 자욱한데 장성검이 번개 되어 공중에서 빛을 내면서 치려고 했으나, 도대체 정한담의 몸에 칼이 가까이 가질 못했다. 적진을 향해 뒤로 돌아 들어가니 정한담이 유원수를 따라잡으려고 급히 말머리를 돌리는데, 번개가 번쩍 하더니 정한담이 탄 말이 땅에 거꾸러졌다. 유원수가 급히 칼을 들어 정한담의 목을 치니 목은 맞지 아니하고 투구만 깨어졌다. 적진에서 정한담의 투구가 깨어지는 것을 보고는 크게 놀라 급히 꽹과리를 쳐서 싸움을 거두었다. 정한담은 기운이 쇠진하여 거의 죽게 되었다가 꽹과리 치는 소리를 듣고 본진으로 돌아왔으나 정신을 놓은 채 기운을 수습하지 못했다. 좌우에 있던 군사들이 돌보니 겨우 정신을 차려 앉았다.

백

"선생은 어찌 알고 꽹과리를 쳐 소장을 불렀나이까?"

"적장의 칼끝에 장군의 투구가 깨어지기에 매우 위태로워 불렀소이다."

도사의 말에 정한담이 크게 놀라 머리를 만져 보니 과연 투구가 없었다.

"적장은 분명히 천신이요 사람이 아닙니다. 십 년을 공부하여 사람은 물론 귀신도 헤아리지 못하는 술법을 배웠는데, 마룡과 최일귀가 죽는 것을 보고 조심하여 십 년 배운 술법을 오늘 모두 다 써서 적장을 잡으려 했습니다. 그러나 잡기는커녕 도리어 기운이 다해 거의 죽게 되었는데, 마침 선생의 도움으로 목숨을 구했습니다. 아무리 생각해 보아도 힘으로는 잡을 수 없으니, 선생은 깊이 생각하셔서 잡을 방도를 알려 주소서."

도사가 이 말을 듣고는 간담이 서늘하여 깊이 생각하더니, 군중에 명령하여 진문을 굳게 닫고 정한담을 불러 말했다.

"사람의 힘으로는 적장을 잡지 못할 것이니 병장기兵仗器를 모아 여차여차하라. 이렇게 유인하여 진중에 들어오면 제가 비록 천신이라도 피할 길이 없으리라."

정한담이 크게 기뻐하며 도사의 말대로 약속을 정하였다. 며칠이 지난 후에 갑옷과 투구를 갖추고 진문에 나서더니 유원수를 불러 말했다.

"네 한갓 혈기만 믿고 우리를 대적하니, 나이 어리나 두려워할 만은 했다. 빨리 나와 승부를 가려보자."

유원수는 의기양양하게 적진 앞을 마음대로 다니다가 정한담이 부르는 소리를 듣더니 고함을 치며 나가 맞섰다. 채 한 번을 겨루지 않아서 정한담을 거의 잡게 되었는데, 적진에서 또 꽹과리를 쳐 싸움을 거뒀다. 유원수가 정한담을 계속 쫓아가 바로 적진의 선봉을 헤치고 달려드니, 장수의 지휘대에서 북소리가 나며 난데없는 안개가 사방에 가득했다. 적장은 간데없고 음산한 바람이 스산하게 불어오고 차가운 눈발이 어지러이 날려 한 치 앞도 분간할 수가 없었다. 가련하다! 유충렬이 적장 꾀에 빠져 함정에 들었으니, 목숨을 부지하기 어렵게 되었구나. 유원수가 크게 놀라 「신화경」을 펴놓고 둔갑술을 부려 몸을 감추고 적진을 살펴보니, 토굴을 깊이 파고 그 가운데 긴 창과 칼날을 촘촘히 꽂아 놓았으며, 사해의 신장이 늘어서서 독한 안개와 모진 돌가루를 사방으로 뿌리면서 "항복하라!" 소리를 질러 대니 천지가 진동했다.

유원수가 그제야 간사한 꾀에 빠진 줄 알고 「신화경」을 다시 펼쳐 신장을 불러내어 호령하고, 바람의 신을 불러 구름 안개를 쓸어버렸다. 그러자 날씨가 맑게 개이며 햇빛이 일광주를 비추고 장성검은 번개 되니 적진이 요란했다. 유원수가 적진을 살펴보니 사방에 무수한 군졸이 매복하여 수없이 둘러싸고 있고, 장수의 지휘대에서는 북을 치며 군사들에게 싸움을 재촉하고 있었다. 유원수가 분노하여 일광주와 용린갑을 다시 매만진 후 천사마를 채찍질하며 호통을 치면서 좌충우돌 진중을 횡행했다. 원수가 호통 치는 곳마다 뇌성벽력이 진동하니, 군사들은 넋을 잃고 모든 장수는 귀가 먹고 눈이 어두워 제 군사들도 알아보지 못했다. 저희들끼리 서로 밟고 밟히며 정신이 없을 때, 장성검은 동쪽 하늘에 번쩍하며 오랑캐의 목을 베고, 서쪽 하늘에 번쩍하며 앞뒤의 군사들을 다 죽인다. 유원수가 선봉과 중군을 다 헤치고 적진 장수의 지휘대로 달려드니, 정한담이 칼을 들고 지휘대 위에 서 있었다. 크게 호통 치며 장성검을 높이 들어 단칼에 베면서 후군으로 달려드니, 이때 황후와 태후가 적진에 잡혔다가 토굴 속에서 소리쳤다.

"저기 가는 저 장수여. 혹시 명나라 장수거든 우리 고부姑婦를 살려 주오."

유원수는 적진을 횡행하다가 토굴 속에서 슬픈 소리가 나자 천사마를 몰아 급히 가 말에서 내려 말했다.

"소장은 동성문 안에 살던 유심의 아들 충렬이옵니다. 아비의 원수를 갚으려고 천 리를 달려와서 정문걸을 한 칼에 베고, 최일귀와 마룡을 처치했습니다. 정한담의 목을 베러 이곳에 왔사오니 소장과 함께 본진으로 가사이다."

황후와 태후가 이 말을 듣고 토굴 밖으로 나와 유원수의 손을 잡고 치하했다.

"그대가 분명 유심의 아들인가? 어디에 가 장성하여 저런 명장이 되었는가? 그대 부친은 어디에 있느냐? 장군의 힘을 입어 우리 고부가 살아나 백발이 성성한 이내 몸이 황제를 다시 보고, 고운 내 며느리도 황제를 다시 보게 되었도다. 이 공로 이 은혜는 태산이 무너져서 평지가 되어도 잊을 수 없고 천지가 변하여 푸른 바다가 될 지라도 잊을 수 없도다. 머리를 베어 신발을 삼는다 해도 그 공로를 어찌 다 갚겠는가. 본진에 돌아가서 내 아들을 어서 만나 보자."

유원수가 예를 갖춘 후 황태후를 모시고 본진으로 돌아와 정한담의 목을 내어 황제 앞에 바치려고 칼끝을 빼어 보니, 놈은 간데없고 허수아비의 목을 베어 왔다. 유원수가 분노하여 다시 싸움을 돋웠다.

황제가 싸움을 구경하는데 유원수가 적진으로 달려든다. 사방에 안개가 자욱하게 끼더니 적진에서 복병이 유원수를 빈틈없이 둘러싸는데, 함성소리 일어나며 천지를 진동하고 유원수의 칼에서 발하는 빛은 보이지 않았다. 황제가 크게 놀라 낯빛이 변하여 발을 구르며 땅에 엎어져 통곡했다.

"이제는 죽었도다. 하늘의 보살핌으로 충렬을 얻었더니 이제는 죽었도다. 불쌍한 이내 팔자 살아서 무엇하리. 하늘과 땅의 신령께서는 이런 사정을 살피시어 충렬을 살려 주소서."

이렇듯 슬피 울고 있는데, 뜻밖에 적진 중에 안개가 걷히면서 벽력같은 소리가 나더니, 장성검이 번개 되어 적진 억만 병을 순식간에 쓰러뜨렸다. 무인지경*이 되어 버린 적진에서 한 대장이 적의 진문을 나와 황후와 태후를 모시고 본진으로 돌아왔다. 황제와 태자는 버선발로 달려 나가, 황제는 유원수의 손을 잡고, 태자는 태후의 손을 잡고 한데 어우러지니, 즐거운 마음을 헤아릴 길 없었다. 울음 절반 웃음 절반 두 가지가 섞여서, 황제는 옥새를 목에 걸고 항서를 손에 들고 항복하러 나오다가 뜻밖에 충렬을 얻어 살아난 말씀을 하고, 황태후는 적진에 잡혀가 토굴 속에 갇히었다가 뜻밖에 유원수 만나 살아온 말씀을 하니, 군사들도 이 말을 듣고 즐거워하며 모두 치하했다.

백사

정한담이 도사의 계교대로 적장을 유인하여 함정에 넣었으나, 죽기는 고사하고 삼군 억만 병을 한 칼에 무찌르고 장대에 달려들어 자신의 혼백을 붙인 허수아비를 베고, 후군을 횡행하다가 황태후를 데려가는 모습을 보고 넋을 잃은 채 도사에게 들어가 말했다.

"충렬은 분명 천신이라. 이제는 어떤 수를 써도 안 되니 어찌해야 하오리까?"

도사가 망극하여 어찌할 줄을 모르다가 한 꾀를 생각하고 한담에게 말했다.

"적장 유충렬은 몇 년 전에 연경으로 귀양 간 유심의 아들이라 합니다. 이제 군사를 급히 재촉하여 유심을 잡아다가 진중에 가두고 죽이려 하면, 제 아무리 충신이라 하더라도 임금만 생각하고 제 아비를 생각하지 아니하겠습니까."

정한담이 이 말을 듣더니 매우 기뻐 날랜 군사 십여 명을 가려 뽑아 유심을 빨리 잡아들이라 분부했다.

유심은 북쪽 지방 몹시 추운 곳에서 수년 동안을 고생했더니 그 모습이 말이 아니었다. 그럼에도 남경에 난리가 났단 말을 듣고는 밤낮으로 황제가 죽을까 염려하여, 길고 긴 겨울밤 내내 촛불을 돋우어 켜고 두 손 모아 빌었다.

"밝은 하늘이 감동하시어 우리 황제를 살려 주십시오. 내 아들 충렬

* 무인지경(無人之境) | 사람이 살지 않는 곳.

이 살았거든 남경을 구하고 제 아비 원수를 갚게 하소서."

이렇듯이 정성을 드리고 있는데, 뜻밖에 한 떼의 군사가 달려들어 유심을 잡아내 수레 위에 높이 싣고 재촉하여 간다. 유심은 정신이 없어 무슨 일인가 생각지도 못하다가 다시 겨우 정신을 차려 생각해 보았다.

"이제는 어쩔 도리 없이 죽었구나. 우리 황제가 싸움에서 이겼다면 나를 잡아오라 할 리 없다. 이는 분명 정한담이 역적이 되어 황제를 죽이고 나도 죽이려고 잡아가는 것이로다. 해와 달도 무심하고 형산의 신령도 못 믿겠다. 내 아들 충렬이도 정녕 죽었구나. 살았으면 어디 가서 아비 원수 못 갚는가."

이렇듯이 슬피 우니 군사들도 눈물을 흘렸다. 여러 날 만에 적진에 도달하니, 정한담이 백관을 거느리고 곤룡포*를 단정히 입고 용상에 높이 앉아 있었다. 유심을 잡아다가 계단 아래에 엎드리게 하고는 달래며 말했다.

"그대가 하도 고집스럽기에 만 리 연경을 보냈으나, 그곳에서 수년 동안을 고생하니 내 마음도 편치 않도다. 이제는 짐이 황제가 되어 백관을 거느리게 되었는데, 그대 아들이 아직 세상 물정을 몰라 천자의 위엄을 모르고 죽은 황제를 살리려고 우리 군사들을 해치고 있도다. 그 죄를 따진다면 진작 죽일 것이지만 그대를 생각하여 아직 살려 두었더니 끝내 항복하지 않기에 그대를 데려온 것이다. 자식에게 편지하여 부자가 함께 만나 나를 도우면, 원하는 대로 높은 벼슬을 줄 것이니 부디 사양치 마라."

백육

유심이 이 말을 듣고 분한 마음이 치밀어 올라 눈을 부릅뜨고 쪼그려 앉으며 말했다.

"네 이놈 정한담아. 천지도 무섭지 않고 일월도 두렵지 않느냐? 나는 자식도 없고, 자식이 설혹 있다 한들 우리 황제를 모시고 너 같은 역적 놈을 죽이려 하는데, 그 아비가 무슨 일로 임금을 저버리고 역적을 도우라고 하겠느냐. 내 자식은 물론 광대한 이 세상에 삼척동자三尺童子라도 너를 죽이고 싶어하는데, 하물며 내 아들은 남경을 도우라고 옥황상제께서 이 세상에 보내셨으니, 만고역적 너 같은 놈을 어찌 섬기겠느냐."

이렇듯이 노기등등怒氣騰騰하여 꾸짖으니, 정한담이 크게 화가 나 유심을 잡아내어 군중에서 목을 베라 명령했다. 곁에 있던 군사들이 벌떼같이 달려들어 칼날을 번득이며 유심을 잡아내니, 도사가 정한담을 말리면서 말했다.

"어찌 경솔하게 행동하십니까. 유심은 함부로 죽일 사람이 아니니 어찌 죽일 수 있겠습니까. 만일 함부로 죽였다가는 커다란 환란이 눈앞에 닥칠 것이니 분하더라도 참으소서."

정한담이 분한 마음을 이기지 못하여 살아서는 돌아오지 못할 곳으로 다시 유심을 귀양 보냈다. 그리고는 유심의 편지를 거짓으로 만들어 무사武士로 하여금 명나라 진중에 쏘아 유원수에게 보냈다.

---

* 곤룡포(袞龍袍) | 임금이 입던 옷. 누런빛이나 붉은빛의 비단으로 지었으며, 가슴과 등과 어깨에 용의 무늬를 수놓았다.

유원수가 지휘대에 앉아 있는데 난데없는 화살 하나가 진중으로 떨어졌다. 급히 주어 보니 화살 끝에 편지 한 장이 매여 있었다. 편지를 끌러 보니 그 내용은 다음과 같았다.

연경에 유배되어 있는 유심은 불효자 충렬에게 편지를 부치니 급히 받아 보거라. 슬프도다. 네 부모 나이가 인생의 반이 넘도록 자식 하나 없다가 남악산에 제사하고 너를 늦게 보아 영화를 누리려 했더니, 내 팔자가 기구하여 황제에게 죄를 짓고 만 리 연경에 귀양 가서 죽을 지경이 되었도다. 그런데도 너는 아비를 찾지 아니하는구나. 자식이 부모를 찾는 것은 당연한 천륜天倫이거늘, 네가 몸이 장성하여 망한 나라를 섬기려고 새 나라를 치니, 새 황제께서 네 아비를 잡다가 너 같은 몹쓸 자식을 두었다고 죽이려 하는구나. 이 아니 망극한 일이냐. 세상 사람들이 자식의 덕으로 영화를 볼 수 있어 자식을 낳으면 좋다고 말하는데, 나는 무슨 죄로 영화를 누리기는 고사하고 백발의 목에 창검이 웬일이냐. 피골이 상접한 늙은이가 손발이 찢어지는 형벌을 어떻게 견디겠느냐. 네가 나의 자식이 분명하거든 빨리 항복하여 우리 부자가 서로 만나 만종록*을 받게 하라. 만일 내 말을 듣지 아니하면 죽은 혼이라도 자식이라 아니하고 모진 귀신이 되어 네 몸을 해칠 것이라. 할 말은 끝이 없으나 목숨이 경각에 달려 있기에 다급하여 이만 그치노라.

유원수가 이 편지를 보더니 정신이 아득하고 가슴이 꽉 막혔다. 어찌할 바를 모르더니 겨우 마음을 가라앉히고 황제에게 들어가 그 편지를 드리며 아뢰었다.

"이 글을 보옵소서. 폐하께서 예전에 소신 아비의 필적筆跡을 보았을 것이옵니다. 이것이 분명 제 아비의 필적이옵니까?"

천자와 태자가 그 편지를 다 본 후에 손뼉을 치고 크게 웃으며 위로했다.

"그대의 부친은 죽은 지 오래되었도다. 살았더라도 글씨를 보니 지금껏 본 적이 없는 필적이도다. 설령 살아 있다 해도 그대의 부친이 이런 말을 어찌했겠느냐. 장군은 염려 말고 정한담을 사로잡아 그 곡절을 물어보면 내 말이 옳다고 하리라."

이 말을 듣고 유원수가 물러 나와 생각했다.

'예전에 강승상을 만날 때 멱라수 회사정에 부친이 빠져죽은 표적이 있었으니 부친이 돌아가신 것은 분명한 일이다. 그런데 지금 어찌 적진에 들어가 편지를 부쳤겠는가? 그러나 나의 마음이 심란하니, 적진을 쳐 깨뜨리고 정한담을 사로잡아 이 일을 알아보리라.'

유원수는 수염을 곧추 세우고 눈을 부릅뜨고, 일광주를 다시 쓰고 용린갑을 죄어 입고 대장검을 높이 들고 「신화경」을 손에 들고 천사마를 빨리 몰아 적진 앞으로 나서며 정한담을 크게 불러 말했다.

"네 이놈! 간사한 꾀를 부려 나를 항복시키고자 하나 내가 어찌 모르겠느냐. 빨리 나와 죽어 보아라."

정한담은 겁에 질려 선봉만을 남겨 둔 채 도성으로 들어가 문을 굳

---

* 만종록(萬鍾祿) | 아주 많은 녹봉(祿俸).

게 닫고 나오지 않았다. 유원수가 적진으로 달려들어 장성검을 휘두르며 적진 선봉을 다 죽이고 도성문에 이르니 사대문四大門이 모두 닫혀 있었다. 다시 호통치고 장성검을 번득이며 철편으로 문을 치니 문이 조각조각 추운 겨울 찬바람에 흰눈 흩날리듯 부서졌다. 순식간에 달려들어 궐문 밖에 진 친 군사들을 단칼에 무찌르고 정한담을 찾아 재빨리 궐문 안으로 들어갔다.

정한담은 유원수가 도성 안으로 들어왔다는 말을 듣고 황급히 북문으로 도망하여 도사를 데리고 호산대에 높이 올라 화를 피했다. 유원수는 도성에 들어가 정한담의 식구들과 그의 삼족*을 다 붙잡아 본진으로 보냈다. 그러고는 만조백관을 호령하여 황제의 수레를 갖추어 본진으로 돌아가 황제를 궁궐로 모셨다.

궁월로 돌아온 후 정한담의 식구들에게 낱낱이 죄를 물어 처형하고, 조정만에게 단단히 일러 본진을 지키게 한 후 예전에 살던 집터에 가 보니 웅장했던 집이 빈 터만 남아 있었다. 슬픈 마음을 진정하고 궐문을 향해 돌아서려는데 부모님 생각을 억누를 수 없어 눈물을 흘리니, 눈물에 가리어 앞이 캄캄했다. 이에 갑옷과 투구를 벗어 땅에 놓고 가슴을 두드리며 큰소리로 통곡했다.

"옛날 은殷나라의 기자도 나라가 망한 후에 옛터를 지나다가 궁궐이 무너져서 쑥대밭이 된 것을 보고 '맥수가麥秀歌'를 슬피 지어 옛일을 생각했다고 하더니, 이제 충렬이 물에서 부모 잃고 거리에서 구걸하며 다니다가 몸이 장성하여 살던 곳을 다시 보니 대장부 한숨이 절로 난다. 우리 부모는 어디 가시고 이런 줄을 모르시는가. 뽕나무밭이 푸른 바다로 변한다는 말을 곧이듣지 않았더니, 나의 일을 생각하니 백 년의 인생은 풀 위에 맺힌 이슬 같고 만 년의 세월도 흐르는 물과 같도다. 부귀영화를 누리겠다고 부디 다른 사람을 업신여기지 말고 제 복이 있어 잘 산다고 일가친척을 괄시 마소. 괴로움이 다하면 즐거움이 생기고 흥겨움이 다하면 슬픔이 오는 것은 옛날이나 지금이나 똑같은 것이라. 양지가 음지 되고 음지가 양지 되는 줄을 그 누가 알아보겠는가. 권세가 좋고 귀하다고 천만년 변하지 않으리라 믿지 마소."

이렇듯이 눈물 흘리고 도성으로 돌아오니 황제 앞에 늘어선 만조백관 중에 충신은 다 죽고 남아 있는 자는 정한담과 같은 간신뿐이라. 하나하나 죄를 따져, 죄가 무거운 자는 황성 거리에서 처형한 후 정한담을 찾으라고 군사들에게 명령했다.

정한담이 호산대에서 도사와 의논하는데, 도사가 한 꾀를 생각해 말했다.

"이제 더는 방법이 없습니다. 여기 남은 군사를 남만과 서번, 호국에 보내 싸움에서 진 사실을 알리고 구원병을 청하여 다시 한 번 싸운 후에 일이 제대로 되지 않으면 목숨만 도망하였다가 후일을 도모하는 것이 어떻겠습니까."

정한담이 매우 기뻐하며 공문을 써서 급히 다섯 나라에 보냈다.

오국의 왕은 장수를 보낸 후 싸움에서 이기기를 밤낮으로 기다리고

---

* 삼족(三族) | 부모, 형제, 처자를 통틀어 이르는 말 또는 부계(父系), 모계(母系), 처계(妻系)를 통틀어 이르는 말.

있었는데, 뜻밖에 싸움에서 졌다는 소식이 오자 모두 분노하여 서천 삼십육도의 군장軍長을 비롯하여 가달 토번왕과 호국대왕이 정예 병사 팔십만과 용맹한 장수 천여 명을 선발했다. 그런 다음 신기한 도사를 좌우에 앉혀 형세를 살피게 하고, 각각의 군왕은 중군이 되어 천하의 명장을 가려 뽑아 선봉장으로 삼은 후, 행군을 재촉하여 달려오니 그 웅장한 형세는 말로 형용할 수 없을 정도였다.

정한담이 구원병 오는 것을 보고 기운이 나서 도사와 함께 호왕을 찾아뵙고 그간의 일들을 낱낱이 아뢰었다. 호왕 등은 정문걸과 마룡이 죽었다는 말을 듣고 간담이 서늘하여 맞붙어 싸울 마음이 없었으나, 한갓 분한 마음을 이기지 못하여 정한담과 같이 호산대에 진을 치고 격서를 남경으로 보냈다.

유원수는 도성 안에 있고 조정만은 금산성 아래에 진을 치고 있었는데, 뜻밖에 조정만이 장계*를 올렸다.

> 오국 군왕들이 패군敗軍했다는 말을 듣고 각각 중군이 되어 오고 정한담과 육관도사도 힘을 합쳐 함께 격서를 보냈으니, 유원수는 급히 와 적을 막으소서.

유원수가 이를 보더니 크게 웃으며 말했다.

"정문걸과 마룡은 천하 명장이라도 내 칼끝에 죽었는데, 하물며 오국의 오랑캐 군대쯤이랴. 비록 하늘로 오르고 땅으로 들어가는 재주를 가진 놈이 선봉이 되었다 하더라도 한갓 장성검에 피만 묻힐 따름이

라. 폐하께서는 염려 마시고 소장의 칼끝에 적장의 머리가 떨어지는 구경이나 하옵소서."

즉시 갑옷과 투구를 갖추어 입고 본진으로 돌아와 군사들을 단단히 경계한 후에 적진에 글을 보내 싸움을 돋웠다. 이때 정한담이 한 꾀를 내어 오국 군왕들에게 말했다.

"소장은 육관도사에게 십 년을 공부하여 재주가 무궁하오니, 구척 장검 칼머리로 강산을 무너뜨리고 하해를 뒤덮을 수 있습니다. 그러나 명진 도원수인 유충렬은 천신이요 사람이 아니옵니다. 이제 대왕이 억만 병을 거느려 왔으나 충렬을 잡기는 고사하고 그와 싸울 장수조차 없으니 만일 싸우다가는 우리 군사가 다 죽을 것이요, 대왕의 귀중한 목숨도 보전하기 어려울 것입니다. 그러니 오늘밤 삼경에 군사를 나누어 먼저 금산성을 공격하면 충렬이 분명히 구하러 올 것입니다. 그때를 틈타 소장이 도성에 들어가 황제에게 항복받고 옥새를 빼앗는다면, 제가 비록 천신이라 하더라도 제 임금이 죽었는데 무슨 면목으로 싸우겠습니까?"

호왕이 크게 기뻐 정한담을 대장으로 삼고 천극한을 선봉장으로 삼아 약속을 정했다. 유원수가 금산성에 있으면서 적세를 탐지하니, 적군이 깃발을 앞세우고 도성으로 갈 듯하므로 도성으로 들어갔다.

이날 밤 삼경에 정한담은 선봉장 천극한을 불러 군사 십만 명을 주어 금산성을 치라 명했다. 천극한이 군사를 이끌고 금산성으로 달려가 호

* 장계(狀啓) | 왕명을 받고 지방에 나가 있는 신하가 중요한 일을 왕에게 보고하던 일. 또는 그런 문서.

통을 치면서 재빨리 군문을 헤치고 좌우로 충돌하면서 군중으로 들어가니, 명군이 갑작스런 공격에 놀라 어찌할 줄 몰랐다. 이때 유원수는 도성에서 적의 형세를 탐지하고 있었는데, 한 군사가 사정을 알렸다.

"지금 도적이 금산성으로 쳐들어와 군사들을 다 죽이고 중군장을 찾아 제멋대로 다니고 있으니 유원수께서 급히 가셔서 구원해 주소서."

유원수가 크게 놀라 나는 듯이 금산성으로 달려갔다. 벽력같이 소리치며 적진을 헤치고 중군에 들어가서 조정만을 구하여 지휘대에 앉히고, 홀로 적진에 달려들어 장성검으로 천극한의 머리를 베었다. 천사마가 달려가는 곳마다 가을에 낙엽 지듯 십만 군병이 순식간에 없어졌다. 유원수가 본진으로 돌아와 칼끝을 보니, 정한담은 없고 온통 오랑캐뿐이었다.

정한담은 유원수를 속이고 정예 병사를 뽑아 급히 도성으로 쳐들어가니, 도성 안에는 군사가 없었다. 황제는 유원수의 힘만 믿고 깊은 잠에 빠져 있었는데, 뜻밖에 수많은 적병이 성문을 깨뜨리고 궁궐 안으로 들어와서 함성을 질렀다.

"이봐, 명제야! 네가 어디로 도망가겠느냐? 팔랑개비라서 하늘로 날아오르겠느냐, 두더지라서 땅으로 들어가겠느냐? 네놈의 옥새를 빼앗으려고 하니, 네 이제 어디로 도망가겠느냐? 빨리 나와 항복하라."

이 소리에 궁궐이 무너지며 혼이 빠져나가는 듯했다. 황제는 넋을 잃고 용상에서 떨어져 옥새를 품에 품고 말 한 필을 잡아타고 엎어지고 자빠지며 북문으로 도망해 번수가에 이르렀다. 정한담이 궁궐 안으로 달려들어 황후를 잡아 호왕에게 맡기고 북문으로 나오다가 보니 황제가 번수가로 도망가고 있었다. 정한담이 크게 기뻐 천둥같이 소리를 지르고 순식간에 달려들어 구척 장검을 번쩍하며 내려치니, 황제가 탄 말이 백사장에 꺼꾸러졌다. 정한담이 황제를 잡아내어 말 아래에 무릎을 꿇게 하고 날카로운 칼로 황제가 쓴 통천관通天冠을 깨어 던지며 호통을 쳤다.

"이봐 들어라. 하늘이 나와 같은 영웅을 내실 때는 남경의 황제를 시키기 위함이라. 네가 어찌 황제를 바랄 수가 있겠느냐. 네 한 놈을 잡으려고 십 년을 공부하여 무궁한 변화를 일으키는 재주를 가지고 있으니, 네 어찌 순종하지 아니하고 조그만 충렬을 얻어 나의 군사를 해치느냐. 너의 죄를 따지면 지금 당장 죽일 것이지만 옥새를 바치고 항서를 써 올리면 죽이지는 않겠노라. 만일 그렇지 아니하면 네놈의 노모와 처자도 모두 한 칼에 죽이리라."

"항서를 쓰려고 해도 종이와 붓이 없다."

황제가 어쩔 수 없어 이같이 말하자 정한담이 화가 나서 창검을 번득이며 말했다.

"입은 옷을 찢고 손가락을 깨물어서라도 항서를 쓰지 못할까?"

황제가 차마 그렇게 하지 못하고 있을 때, 유원수는 금산성에서 적군 십만 명을 무찌르고 바로 호산대로 달려가 적의 구원병을 모두 물리치고 있었다. 그런데 뜻밖에 달빛이 희미해지더니 난데없이 빗방울이 유원수의 얼굴로 떨어졌다. 유원수가 이상하게 생각하여 말을 잠깐 멈추고 하늘의 기운을 살펴보니, 도성에 살기가 가득하고 황제의 자미성이 떨어져 번수가에 비쳤다.

"이게 웬 변고냐?"

크게 놀라 발을 구르며 갑주와 창검을 갖추고 천사마 위에 재빨리 올라타 힘껏 채찍을 휘두르며 말에게 단단히 타일렀다.

"천사마야. 너의 용맹을 이런 때에 쓰지 않고 어디에 쓰겠느냐. 지금 황제께서 도적에게 잡혀 목숨이 경각에 달려 있으니, 순식간에 달려 황제를 구원하라."

천사마는 본래 천상에서 타고 온 비룡飛龍이라. 그러므로 채찍질을 하지 않고 제 가는대로 두어도 순식간에 몇 천 리를 가는지 알지 못하는데, 하물며 제 주인이 급한 말로 단단히 부탁하고 채찍질하니 어찌 급히 가지 않겠는가. 눈 한 번 깜짝하는 사이에 황성 밖을 얼른 지나 번수가에 이르렀다.

황제는 백사장에 엎어져 있고 정한담은 칼을 들고 황제를 치려고 했다. 이때 유원수가 평생 동안의 기운과 힘을 다해 호통을 치니, 천사마도 평생의 용맹을 이때에 다 부리고, 변화 좋은 장성검도 그 조화를 이때에 다 부린다. 유원수가 닿는 곳마다 강산이 무너지고 하해도 뒤엎어지는 듯하니, 귀신인들 울지 않으며 혼백인들 울지 않겠는가.

"이놈 정한담아! 우리 폐하를 해치지 말고 내 칼을 받으라."

혼신의 힘을 다해 벽력같이 지르는 호통소리에, 나는 새도 떨어지고 강산을 다스리는 귀신도 넋을 잃었다. 정한담의 혼백인들 어디 가며, 그의 간담인들 성할 수 있겠는가. 정한담은 두 눈이 캄캄하고 두 귀가 멍멍하여 탔던 말을 둘러 타고 도망하려다가 말이 거꾸러지며 백사장

으로 떨어졌다. 정한담은 일어나 창검을 두 손에 갈라 들고 유원수를 겨누고 서 있는데, 구만 리 구름 속에서 칼이 번쩍하더니 정한담의 긴 창과 큰 칼이 산산이 부서진다. 이때 유원수가 달려들어 정한담의 목을 산 채로 잡아들고 말에서 내려 황제 앞으로 나아가니, 황제는 백사장에 엎어져 기절한 채 누워 있었다. 유원수가 황제를 붙잡아 앉히고 정신을 진정시킨 후 엎드려 아뢰었다.

"소장이 도적을 모두 다 죽이고 정한담을 사로잡아 말에 달고 왔습니다."

황제가 정신이 없는 가운데 유원수란 말을 듣고 벌떡 일어나 보니, 유원수가 땅에 엎드려 있었다.

"네가 분명 충렬이냐? 정한담은 어디 가고 네가 어찌 여기에 왔느냐. 내가 죽게 된 것을 네가 와서 살렸구나."

달려들어 유원수의 목을 안고 말하니, 유원수가 정한담을 사로잡은 일을 자세히 아뢴 후에 황제를 모시고 도성으로 돌아왔다.

오국의 왕들은 도성 안으로 들어왔다가 정한담이 사로잡혔다는 말을 듣고는 놀라고 두려워, 도성 안에 있던 온갖 보물과 예쁜 계집을 빼앗은 뒤 황후, 태후, 태자를 수레에 싣고 본국으로 돌아갔다. 황제가 유원수를 붙들고 큰소리로 통곡하며 말했다.

"이 몸이 하늘에 죄를 짓고 나라를 망하게 하였다가 충신인 그대를 얻어 회복되게 되었도다. 그러나 부모와 처자를 오랑캐 놈에게 보내고 나 혼자 살아서 무엇하겠는가. 천하를 그대에게 전하니 그리 알라. 과인은 이제 죽어 혼백이나마 호국에 들어가 모친을 만나 보게 된다면 황천黃泉에 들어가도 남은 한이 없으리라."

이렇게 말하고 대궐 안에 있는 백화담에 빠져 죽고자 하거늘, 유원수가 붙들어 용상에 앉히고 아뢰었다.

"소신이 충성이 부족하여 이 지경이 되었습니다. 신하된 자의 도리에 호국을 그저 가만히 둘 수 있겠습니까? 소신이 재주 없으나 호국에 들어가 오랑캐를 섬멸하고, 황태후를 편히 모시고 돌아오겠습니다."

황제가 유원수 손을 잡고 눈물을 흘리며 부탁했다.

"경이 충성을 다하여 호국을 쳐 멸하고 과인의 늙은 어미와 처자를 다시 보게 해준다면 내 살을 베어 주어도 아깝지 아니할 것이오."

유원수가 엎드려 절하고 나와 정한담을 끌어내 섬돌 아래에 엎드리게 하고, 좌우의 나졸들에게 호령하여 온갖 형틀을 갖추게 한 후 그동안의 죄목을 낱낱이 물었다.

"이놈 들어라. 네가 스스로 신황제라 칭하고 나에게 하늘의 뜻을 모른다고 하더니 어찌 두 팔을 잃은 채 내게 잡혀 왔느냐?"

정한담이 부끄러워 아무 말도 못했다.

"네 자칭 십 년을 공부하여 황제가 되고자 하더니, 어떤 놈에게 공부하여 역적이 되었느냐?"

"소인이 불행하여 도사 놈의 말을 듣고 이 지경이 되었으니 아뢸 말씀이 없나이다."

"도사 놈은 어디 갔는가?"

"소인이 번수가에 갔을 때에 호국으로 들어간 듯하나이다."

"네놈은 나와 함께 한 하늘 밑에서 살 수 없는 원수로다. 일찍 죽여야 할 것을 내 부친이 살았는지 죽었는지 알고자 하여 살려 두었으니 바른대로 아뢰어라."

"소인이 도사의 말을 듣고 정언 주부를 모함하여 연경으로 귀양을 보냈다가 며칠 전에 다시 잡아다가 항복을 받고자 하였습니다. 그러나 끝내 듣지 아니하기에 다시 호국 포판으로 귀양을 보냈으니 그 사이에 살았는지 죽었는지는 모르옵니다."

유원수가 이 말을 듣더니 통곡했다.

"그럼 강희주는 죽었느냐 살았느냐?"

"강승상도 모함하여 옥문관으로 귀양을 보냈습니다. 그 가족들은 잡아오던 중 달아나다가 영릉땅 청수에 빠져 죽었다고 합니다."

유원수는 어머님이 회수에서 봉변당한 일이 정한담이 한 짓인 줄 모르고, 강낭자가 죽은 일만 원통히 여겨 한담을 한 칼에 베어 죽이고자 했다. 그러나 아버지를 만난 후에 죽이리라 생각하고 형틀을 갖추어 결박한 후 감옥에 가두었다. 그런 후 갑주와 장검을 갖추어 황제께 하직하고 나오려 하니, 황제가 섬돌 아래까지 내려와 손을 잡고 눈물 흘리며 말했다.

"짐이 수족手足 같은 그대를 만리타국에 보내고 마음이 어떻겠는가. 부디 충성을 다하여 모친과 자식을 살려 돌아오라. 만일 그대 없는 동안에 변란이 생긴다면 누구를 의지하여 살아날 것인가."

십 리 밖에까지 나와 전송하며 수없이 당부하니, 유원수는 명령을 받고 홀로 만리타국으로 들어갔다.

호국으로 가다

호왕은 자기 나라로 돌아가면서 후환後患이 있을까 하여 각 도와 각 관문에 공문을 보내, 호국 들어오는 길에 인가를 모두 없애고 강마다 배를 없애 사람이 건너지 못하게 하였다. 유원수는 전쟁터에서 음식을 전혀 먹지 못한 날이 많은 등 고생을 한데다가, 아버지의 소식이 궁금하여 제대로 잠을 자지도 밥을 먹지도 못했으며, 호국 수만 리를 주점酒店도 없이 지나오니 기운이 없었다. 호국으로 가는 길이 너무도 피곤하여 유주에 도달하자 유주자사를 붙잡아 죄를 물었다.

"네 이놈, 대대로 벼슬을 한 신하로 나라가 불안한데 네 몸만 생각하고 나라의 일은 돌아보지 아니하느냐? 또한 정한담의 말을 들으니 유심을 네 고을로 귀양 보냈다고 하는데 지금 어디 계시느냐?"

유주자사가 겁에 질려 사죄하며 말했다.

"소인도 벼슬하는 신하로서 나라의 일에 어찌 무심하리까. 그러나 호병이 남경으로 가는 길에 소인의 고을에 달려들어 군사와 양식을 탈취하고 소인을 죽이려 하기에 도망하여 목숨만 살아났습니다. 본래 재주 없고 맨손에 혼자의 몸이라 나라의 일이 어떻게 되어가는 지도 알지 못하였습니다. 그런데 며칠 전에 호병이 싸움에 이겨 황후와 태후, 태자를 사로잡아 갔다는 소식을 듣고 황망해 하던 차에 장군이 오셨습니다. 황송하오나 누구신데 무슨 일로 유심을 찾나이까?"

유원수가 슬픔에 젖어서 말했다.

"나는 이 고을로 귀양 온 유심의 아들이다. 부모의 원수를 갚으려고 적진에 들어가 황제를 구하고 정한담과 최일귀를 한 칼에 벤 후 오국의 정예 병사들을 일시에 무찌르고 황제를 모시고 궁궐로 들어갔더니, 오국 왕이 나를 속이고 도성 사람들을 죽이고 황후를 사로잡아 갔도다. 그리하여 북쪽 오랑캐를 다 몰살하고 황후를 모셔오려고 가는 길에 들렀도다."

유주자사가 이 말을 듣더니 계단 아래로 내려와 절을 올리며 치하하고는 술과 고기를 많이 내어 대접하고 십 리 밖에까지 나와 전송하였다. 유원수가 유주를 떠나 호국에 다다르니, 바람에 눈발이 어지럽게 날리고 도로는 험악하여 사람의 자취가 없었다.

호왕은 본국으로 돌아와 승전의 북을 울리며 잔치를 벌이고 며칠 동안을 즐겼다. 그런 후에 황후와 태후, 태자를 잡아내어 칼과 창을 들고 좌우에 늘어선 군졸들 사이에 엎드리게 하고는 호왕이 칼로 난간을 치면서 태자를 호령했다.

"네 이놈, 예전에는 네 아비의 힘을 믿고 외람되게 동궁東宮이라 하였지만, 이제는 과인이 하늘의 명을 받아 네 아비에게 항복받고 네 조모祖母를 사로잡아 왔으니, 황제가 나밖에 또 있느냐? 네가 즉시 항복하여 나를 도우면 죽이지 않겠지만 그렇지 아니하면 너희 모자를 북해北海에 던지리라."

호왕의 장엄한 위풍은 용맹스런 호랑이와 같았다. 황후와 태후, 태자가 정신이 아득하여 세 사람이 서로 목을 끌어안고 계단 아래에 엎어져서 어찌할 줄 몰랐다. 잠시 후 열세 살 난 태자가 호왕에게 호령했다.

"네 이놈, 역적 놈이 한갓 힘만 믿고 외람되게 남경을 침략하여 이 지경이 되었으나, 어찌 감히 황제를 꾸짖어 욕을 하며 나를 항복시켜 네 신하를 삼을 수 있겠느냐? 임금과 신하의 의리를 말하면, 황제는 만백성의 아버지요, 황후는 만백성의 어머니라. 너는 만고의 역적일 따름이니라."

이 말에 호왕이 분노하여 모두 처형하라 재촉했다. 군졸들이 일시에 달려들어 황후와 태후, 태자를 잡아내어 온갖 형구*를 다 갖추어 수레에 높이 싣고 동문 큰길가로 데리고 나왔다. 깃발과 창칼이 벌여져 늘어서 있는데, 총융대장이 높이 앉아 목을 베는 자객刺客에게 검劍을 희롱케 하니, 황후와 태후, 태자가 수레에서 내려 황후는 태후의 목을 끌어안고 태자는 황후의 목을 끌어안은 채, 세 사람이 한 몸이 되어 백사장 넓은 들에 엎어져 땅을 치며 큰소리로 통곡했다.

"전생에 무슨 죄를 지었기에, 백발의 늙은이가 젊은 며느리와 어린 손자를 앞세우고 오랑캐 땅에 잡혀 와서, 북방 천 리 멀고 먼 길에 주인 잃은 귀신이 된단 말인가. 늙은 이내 몸은 오랑캐 놈에게 자식 잃고, 젊은 내 며느리는 오랑캐 놈에게 낭군을 잃고, 어린 내 손자는 오랑캐 놈에게 아비를 잃었도다. 만 리나 되는 이 험한 땅에 와서 세 몸이 한 몸 되어 자객의 칼에 죽게 되었으니, 천만년이 지나간들 이런 변이 또 있을까. 이 넓은 세상에 흉악하고도 기구한 것이 우리 셋의 팔자로다.

우리 아들은 도적에게 황성을 잃고 정한담을 피해 북문으로 도망하더니 죽었는가 살았는가. 유충렬은 어디 가고 날 살릴 줄 모르는가. 한심하다! 형산의 신령은 어질고 착한 내 아들을 남경에 점지하여 용상龍床 위에 앉혔거늘, 그 어미는 무슨 죄로 이 지경이 되게 했는가. 만고영웅 유충렬을 대명국에 점지했거늘, 어떤 임금 섬기려고 나의 손자 죽는 줄을 모르느냐. 비나이다. 비나이다. 형산의 신령은 대명국 황성에 급히 가 우리 유원수를 찾아 내 말을 전해 주소서. 대명국 황태후가 불쌍한 며느리와 어린 손자 목을 끌어안고 있고, 깃발과 창칼이 늘어선 장막 안에는 자객이 늘어서 있도다. 오늘 오시*만 지나면 죄 없는 세 목숨이 창검 끝에 죽을 것이니 어서 속히 전해 주오.”

이렇듯이 피 같은 눈물을 뿌리며 통곡하니 가련하다. 황후는 올해로 스물여덟 살이라. 고운 얼굴 귀한 몸이 여러 날 잠 못 자고 굶었으니 형용이 초췌하다. 호왕이 잡아낼 때 흉악한 군사 놈이 억지로 끌어내니 얼굴 가득 피가 흐르고 옷 또한 남루하게 되었구나. 푸른 하늘에 밝은 달이 먹구름 속에 잠긴 듯, 푸른 물에 붉은 연꽃이 흙비를 머금은 듯, 가련하고 슬픈 모습을 차마 보지 못하겠다.

총융대장이 군사를 재촉하여 죄인을 잡아다가 깃대 밑에 엎드리게 하고 자객들에게,

“일시에 목을 베라!”

* 형구(形具) | 형벌을 가하거나 고문을 하는 데에 쓰는 여러 기구.
* 오시(午時) | 십이시의 일곱째 시. 오전 열한 시부터 오후 한 시까지.

명령했다. 자객들이 붉은 도포에 남빛 허리띠를 띠고 비수ᴮ首같이 날카로운 칼을 번득이며 좌우에 갈라서서,

"영令을 거행한다!"
고함치는 소리에 푸른 하늘이 진동하니, 하늘과 땅이 어찌 무심하겠는가.

유원수는 호국의 국경에 이르러 급히 상남 뜰로 나아가니, 호국 선우대가 구름 속에 보였다. 흰눈이 내리는 푸른 강 갈대 밑에서 천사마에게 물을 먹이고, 강물로 얼굴을 씻으며 사방을 돌아보았으나 사람의 자취라고는 없었다. 그런데 난데없이 표주박 같은 작은 배 한 척이 강가로 오더니, 한 선녀가 선창 밖으로 나와 유원수에게 인사하고 비단 주머니를 끌러 과일 두개를 주면서 말했다.

"먼 길에 피곤하시니 이 과일 한 개를 잡수시고, 한 개는 두었다가 나중에 쓰십시오. 지금 황후와 태후, 태자를 잡아서 동문 큰길가에 온갖 형구를 갖추어 놓고 자객을 재촉하여 검을 희롱하고 있으니, 황후의 귀한 목숨이 경각*에 달려 있습니다. 장군은 어찌 급한 줄을 모르시고 바삐 가지 아니하십니까?"

이렇게 말하더니 멀리 두둥실 떠간다. 유원수가 크게 놀라 그 과일을 한 개 먹고 하늘의 기운을 살펴보니, 태자의 장성將星이 떨어질 듯하고, 자미성이 칼끝에 달려 있었다. 크게 놀라 수염을 쓰다듬으며 눈을 부릅뜨고 일광주와 용린갑을 단단히 졸라매고 장성검을 펴들고 천사마를 채찍질하여 나는 듯이 들어가니, 동문 밖 십 리 백사장에 군사

들이 가득했다. 말안장에 달려 있는 주머니를 급히 열어 조총*을 꺼내 한 방을 쏘니 우레 같은 소리가 푸른 하늘에 진동했다. 그런 후 유원수가 호왕을 부르며 외쳤다.

"여봐라, 호왕 놈아! 황후와 태후, 태자를 해치지 마라!"

자객이 비수를 번득이며 태자의 목을 치려 할 때, 난데없는 벽력소리가 하늘로부터 들리더니 어떤 대장이 제비같이 달려 들어온다. 모두들 당황하고 놀라 주저주저 하고 있을 때, 천사마가 눈을 한번 깜짝이고 장성검이 번쩍 빛나면서 동문 밖 큰길가 십 리 백사장 넓은 들에 다섯줄로 늘어서 있던 말 탄 군사들을 모두 다 베어 버렸다. 그러고는 성으로 달려 들어가 대궐문을 깨치고 그 안에 있던 만조백관을 단칼에 무찌르고, 용상을 깨부수며 호왕의 머리를 풀어 손에 감아쥐고 동문 밖 큰길로 급히 오니, 이때 황후와 태후, 태자는 자객의 칼날 끝에 혼백이 흩어져 기절해 엎어져 있었다. 유원수가 급히 달려들어 태자를 붙들어 앉히고 황후와 태후를 흔들어 깨우니, 한참 지난 후에야 겨우 정신을 차렸다. 유원수가 땅에 엎드려 여쭈었다.

"정신을 차리소서. 대명국 도원수 유충렬이 호왕을 사로잡고 자객과 군사를 한 칼에 다 죽이고 이곳에 왔나이다."

태자가 이 말을 듣더니 급히 일어나 황후의 목을 안고,

"남경 유충렬이 왔다고 하옵니다. 정신을 차리고 충렬을 다시 보옵

* 경각(頃刻) | 눈깜빡할 사이 또는 아주 짧은 시간.
* 조총(鳥銃) | 노끈에 불을 붙여 화약을 터뜨려 쏘는 화승총을 달리 이르는 말.

소서."

이렇듯이 부르짖으니, 황후와 태후 기절하였다가 유충렬이 왔단 말을 듣고 가슴을 두드리며 벌떡 일어나 앉으며 둘러보니 어떤 대장이 앞에 엎드려 있었다.

"소장은 남경 유충렬이옵니다. 호왕을 사로잡아 이곳에 왔나이다."

황후가 이 말을 듣고 왈칵 달려들어 손을 잡고 말했다.

"그대가 틀림없이 유원수냐? 하늘에서 내려왔는가, 땅속에서 솟아났는가? 이 멀고 먼 북방 오랑캐 땅을 어찌 알고 찾아왔는가? 그대의 은덕은 죽어 백골이 되어도 잊기 어렵도다. 어찌 다 갚으리오."

태자도 수없이 감사하며 급히 황제의 안부를 물었다.

"소장이 도적에게 속아 금산성에 들어가니 적장 천극한이 십만 명의 군사를 거느리고 왔기에 한 칼에 다 베어 버렸습니다. 돌아오다가 하늘의 기운을 살펴보니 폐하께서 번수가에서 죽게 되었기에 급히 달려갔습니다. 폐하께서는 백사장에 엎어져 있고 정한담은 칼을 들어 폐하를 치려하는 순간에 소장이 달려들어 정한담을 사로잡아 가두고 폐하는 편히 모셔 궁궐로 돌아왔습니다. 그런 후에 소장은 대비大妃와 대군大君을 구하고 아비를 찾으려고 이곳에 왔나이다."

세 사람이 수없이 치하하며 말했다.

"북망산*에 계신 부모가 살아나 다시 본들 이보다 더 반가우며, 강

---

* 북망산(北邙山) | 중국 하남성 낙양의 북쪽에 있는 구릉 지역. 이곳에 왕들의 무덤이 많기에 '묘지가 있는 곳' 또는 '사람이 죽어 가는 곳'을 뜻하게 되었음.

동으로 떠난 형제를 밤중에 만나본들 이보다 더 기쁘겠느냐. 이제 돌아가 우리 폐하께서 유원수와 더불어 형제의 의를 맺어 영원토록 같이 하며, 천하를 반으로 나누어 태평한 시절을 함께 즐길까 하노라."

태자가 호왕이 잡혀 온 것을 보더니 유원수의 칼을 빼내 호왕을 엎어뜨리며 말했다.

"네 이놈아. 황후를 욕보이고 나를 굴복시켜 네 신하를 삼으려고 하더니, 하늘에 해도 밝고 달도 밝거늘 어찌 감히 그런 마음을 먹어 하늘을 욕되게 하였느냐."

분한 마음을 이기지 못하여 장성검을 높이 들어 호왕의 머리를 베었다. 그런 후에 성안으로 들어가 준마 세 필을 구하고 가마를 갖추어 황후와 태후, 태자를 모시고 호국 옥새와 지도책을 가지고 길을 떠났다.

유원수는 돌아오는 길에 아버지를 생각하며 슬픈 마음을 이기지 못하고 눈물을 비 오듯 흘리면서 큰소리로 울었다.

"황제는 나 같은 신하를 두어 만 리 호국에서 죽게 된 모친과 처자를 다시 만나 보게 되어 좋겠으나, 나는 포판에 있는 아버님이 죽었는지 살았는지 모르고 있구나. 회수정에서 어머니를 잃고 만 리 북방에서 아버지를 잃고 영릉 청수에서 아내를 잃었으니, 살아서 무엇 하겠는가. 죽는다 해도 아깝지 않도다. 하지만 죽으면 도리어 악귀가 될 것이 분명하니, 어서 포판으로 가서 우리 아버지의 생사를 알아나 보자."

태후와 태자가 유원수의 손을 잡고 수없이 위로하며 길을 재촉하더니, 여러 달 만에 포판에 도착했다. 이 땅은 북해상北海上에 있어 사람이 살지 않는 곳이라. 다만 바닷가의 풍랑 소리만이 들리고 찬바람이 소슬한데, 원숭이가 슬피 울어 나그네를 근심하게 했다. 더구나 귀신이 어지러이 출몰하는 곳이라. 유심이 혈혈단신으로 이곳에서 살아 있을 가망은 전혀 없어 보였다.

유심은 도적에게 끌려갔다가 항복하지 않는다고 연약한 몸에 곤장을 많이 맞았다. 게다가 사람이 살지 않는 북해상에서 먹고 마실 것이 없어 굶주리며 살았으니, 머지않아 죽을 수밖에 없는 운명이었다. 유원수가 달려가서 보니, 험한 가시가 돋친 나무가 사면을 둘러쌓고 있는 토굴 깊은 안쪽에 짚자리 한 장이 깔려 있었는데, 토굴문 밖에 지키는 군사 한 명을 두고 구멍으로 밥을 넣어 주고 있었다. 유원수가 이것을 보더니 엎어질 듯 급히 달려가 투구를 벗어 땅에 놓고 사방을 둘러싸고 있는 수목을 헤치고 토굴문 밖에 엎드려 여쭈었다.

"대명국 남경 동성문 안에 사는 충렬은 도적을 잡아 난리를 평정하고 황후와 태후, 태자를 모시고 여기에 왔나이다."

유심은 기운이 다 빠져 정신을 잃고 잠이 깊이 들었는데, 잠결에 얼핏 충렬이란 말이 멀리서 들리는 듯했다. 이에 잠에서 깨어 앉으며 말했다.

"네가 귀신이 아니냐? 이 땅은 사람이 살지 않고 물귀신이 많은 곳이라. 어떻게 알고 여기에 왔느냐?

통곡하며 가슴을 두드리다가 기가 막혀 다시 물었다.

"네가 귀신이냐 사람이냐?"

"충렬이 살아서 왔나이다."

충렬이 찾아오리라고는 전혀 생각지 못했으므로 유심은 귀신인가 의심하여 주문呪文을 외우며 말했다.

"내 아들 충렬은 회수에서 죽었으니 너는 분명 충렬의 혼이로다. 그러나 혼이라도 반갑고 반갑도다."

충렬이 울며 말했다.

"소자가 회수에서 죽게 되었는데 다행히 살아나서 도적을 모두 물리치고 황제를 궁궐에 모셔 놓고, 호국으로 가서 황후와 태후, 태자를 구해 여기에 왔나이다."

"이게 웬 말이냐? 네가 정말 충렬이냐? 충렬이 틀림없거든 십 년 전에 연경으로 귀양 올 때에 주었던 죽도竹刀를 어디 보자."

유원수 옷을 급히 벗고 속적삼에 차고 있던 죽도를 끌러내어 받들어 올렸다.

"여기 있나이다."

유심이 이 말을 듣고 토굴문에 엎드려서 손을 내어 받아 보니, 자신이 주었던 죽도가 틀림없다. 죽어 저 세상으로 간다한들 어찌 아들에게 준 신표를 모르겠는가! 벌떡 일어나 앉으며 말했다.

"이게 웬일이냐. 정말 충렬이 왔구나! 죽도는 보았으나 내 아들 충렬은 가슴에 대장성이 박혀 있고, 등에는 삼태성이 있느니라."

유원수가 옷을 벗어 땅에 놓고 곁에 앉으니, 유심이 유원수의 가슴과 등을 살펴보았다. 샛별 같은 삼태성과 대장성이 뚜렷이 박혀 있는데 금으로 '대명국 도원수'라 뚜렷하게 글자가 새겨져 있었다. 유심이 왈칵 뛰어 달려들어 충렬의 목을 안고는 통곡하며 말했다.

"어디 갔다 이제 오느냐? 하늘에서 떨어졌느냐? 땅에서 솟았느냐? 우리 폐하께서는 살아 계시며, 너의 어머니는 어찌 되었느냐? 만고역적 정한담이 우리 집에 불을 놓아 너희 모자를 죽이려 했다던데 어찌 살아나서 이토록 장성하였느냐? 네가 정말 충렬이냐? 죽도와 표적을 보니 충렬임은 분명하다. 그런데 정한담 때문에 회수에 빠져 죽었던 네가 일곱 살 어린 나이에 그 넓고 푸른 물속에서 어떻게 살아나서, 우리 부자가 이렇게 만나게 되었단 말이냐."

통곡하다가 유심이 기절하니 유원수가 크게 놀라 행장을 급히 끌러 선녀가 준 과일을 꺼내어 먹인 후에 손발을 주물러 다시 정신이 들도록 하였다. 한 나절쯤 지나서 유심이 일어나 앉으며 정신을 차리며 충렬의 손을 잡고 말했다.

"네 무슨 약을 먹여 나를 구하였느냐?"

황후와 태후가 유심이 다시 살아난 것을 보고 급히 들어가 주부의 손을 잡고 말했다.

"어찌 저렇듯이 귀한 아들을 두어 만리타국에서 그대와 우리를 살려내어 이곳에서 서로 만나 보게 했는고."

유심이 땅에 엎드려 아뢰었다.

"이게 다 폐하의 덕택이옵니다."

유원수가 황후와 태후, 태자를 모시고 호국을 떠나 양자강을 건너니, 여기서 남경까지 사만 오천육백 리였다. 황주로 가서 요기療飢하고 황성으로 향했다.

정한담의 취형

황제는 유원수를 만리타국에 보내 놓고 밤낮으로 한탄하며 하늘의 도우심으로 황후와 태후, 태자를 찾아오기만을 빌고 있었는데, 뜻밖에 유원수의 장계가 올라왔다.

도원수 유충렬은 호국에 들어가 호적을 모두 쳐부수고, 황후와 태후, 태자를 모시고 오는 길에 포판에 가서 유주부를 살려내어 이제 함께 본국으로 들어가옵니다.

황제가 보시고는 매우 기뻐 십 리 밖에까지 나와 맞이하였다. 황후와 태후가 황제에게 달려들어 한편으로 반가워하면서 한편으로 슬피 우니, 그 모습은 차마 볼 수 없었다.

태자가 땅에 엎드려, 호국에 잡혀가 호왕에게 모욕을 당하고 동문 큰길가에서 거의 죽게 되었다가 유원수를 만나 살아난 일과 포판에 들어가 유심을 살려온 일을 낱낱이 아뢰니, 황제가 이 말을 듣고 충렬의 등을 만지며 말했다.

"옛날 삼국 시절에 유비, 관우, 장비 세 사람이 도원桃園에서 형제의 의를 맺었듯이 과인도 그대와 더불어 형제의 의를 맺으리라."

이렇듯 무수히 치하하실 때 유심이 땅에 엎드리어 아뢰었다.

"소인은 연경에 귀양 갔던 유심이옵니다. 자식의 힘으로 목숨이 살아나서 폐하를 다시 뵙게 되니 참으로 다행이옵니다. 그러나 폐하께서는 이렇듯 국사에 힘들어하시는데 소인은 충성이 부족하여 호국에 갇혀 폐하를 돕지 못하였으니 그 죄 죽어 마땅하옵니다."

황제가 유심이란 말을 듣더니 버선발로 뛰어내려 손을 잡고 말했다.

"이게 웬 말인가! 회사정에서 죽은 줄로만 알았더니 어떻게 살아왔는가? 과인이 현명하지 못하여 역적놈의 말을 듣고 아무 죄 없는 우리 유주부를 만 리 연경으로 보냈으니, 누구를 원망하겠는가. 모두 다 과인의 탓이로다. 그대의 얼굴을 보니 죄 많은 이 몸이 무슨 면목으로 사죄할 수 있겠는가. 그대에게 갚을진대 살을 베어 봉양하고 천하의 반을 나누어 준들 어찌 다 갚겠는가."

도성으로 들어오니, 황성의 온 백성을 비롯하여 중군장 조정만과 군사들이 한꺼번에 몰려 들어와 유원수에게 감사하며 절했다. 또한 남녀노소 구별 없이 유원수의 말을 잡고 그 은덕을 기리며 손 모아 빌기를 그치지 않았다. 대나무 지팡이를 짚고 다 헤진 모자를 쓴 한 백발노인은 술 한 잔 받아들고 낙엽에 싼 안주를 어린 손자에게 들리어 앞세우고 동쪽 골목에서 엉금엉금 기어 나와 유원수에게 수없이 절하며 감사하면서 만만세를 불렀다.

"소인은 동성문 안에 살고 있습니다. 삼대독자三代獨子의 몸으로 다행히 아들 둘과 딸 하나를 낳아 귀히 길러 모두 잘 자랐습니다. 그런데 만고역적 정한담이 난리를 일으켜 용상에 높이 앉아 스스로 황제라 하면서 백성을 도탄塗炭에 빠뜨리고, 소인의 아들 두 놈을 다 끌고 전쟁터로 데려가 자식 하나를 죽였습니다. 옥황상제께서 우리 남경을 도우시어 장군님을 남경에 점지하여, 장군님께서 도적의 진중에 달려들어 적장 정문걸을 단칼에 베고 천자를 구하셨습니다. 소인은 남은 자식을 성안에 그대로 두었다가는 정한담에게 죽을 것이라 생각하여 한밤중에 중군 조정만에게로 도망가게 하였습니다. 장군님 진중으로 보내고 북두칠성을 바라보며 밤마다 '우리 장군님이 싸움에서 이기게 해주옵소서.' 빌었더니, 장군님의 힘을 입어 우리 명나라 군사들은 하나도 다치지 않고 돌아왔습니다. 소인의 남은 자식이 살아와서 이 손자를 두었으니, 이놈은 장군님의 자식과 다름이 없습니다. 이제는 소인이 죽어도 백골을 묻어줄 자식이 있고 조상의 제사를 받들 손자가 있사오니, 이는 모두 다 장군님의 덕이옵니다. 소인이 죽을 날이 멀지 않았으나 다만 술 한 잔을 장군님 전에 올리니 만세무강 하옵소서. 소인은 이제 죽어도 여한이 없습니다."

유원수와 유주부는 물론 황후와 태후, 태자 그리고 여러 장수까지도 이를 듣고는 감동하여 눈물을 흘리는데, 유원수가 말했다.

"이는 모두 다 노인이 두 손 모아 정성껏 하늘에 기도한 때문이요, 폐하의 은덕 때문이라. 나 같은 사람이야 무슨 공이 있으리오. 돌아가 편히 살라."

유원수가 노인이 바친 술을 황제에게 드리고 행군을 재촉하니, 황제가 조정만을 급히 불러 명했다.

"그 노인의 아들 이름을 알아보고 데려오라."

그때 한 군사가 다 떨어진 모자를 쓰고 짧은 칼 하나를 손에 들고 유원수 앞에 엎드렸다. 유원수는 그의 성명을 물은 후에 칭찬하고는 호위하는 장수로 삼고 재물을 후하게 주어 늙은 아비를 잘 섬기라고 하였다. 말을 재촉하여 도성으로 들어가니, 남아 있는 몇 명 안 되는 충신들이 머리를 조아리며 치하하고, 삼군이 유원수의 은덕을 칭송하였다.

　황제와 황후, 태후, 유원수가 모두 한 자리에 앉아 밤새도록 그동안 고생했던 일들을 이야기하였다. 이튿날 옥사獄事를 담당하는 관리를 불러 정한담을 잡아다가 궁궐 뜰에 엎드리게 한 뒤, 유심이 황제 곁에 앉아 나졸을 호령하여 온갖 형구를 갖추게 하고 죄를 따져 물었다.

　"네 이놈, 정한담아! 위를 쳐다보아라. 나를 아느냐 모르느냐? 네 스스로 황제라 하더니 만승*의 황제도 두 팔이 없느냐. 무슨 일로 이 조그만 유심의 아래에서 땅에 엎드려 있느냐? 네 죄를 네가 아느냐?"

　정한담이 땅에 엎드려 아뢰었다.

　"소신의 머리털을 뽑아 죄를 헤아려도 머리털이 모자라니 죽여 주소서."

　유심이 크게 화를 내며 말했다.

　"네 죄목이 열 가지니 자세히 들어라. 네놈은 본래 하늘나라의 익성으로 명나라에 내려왔도다. 용맹이 다른 사람보다 뛰어남을 믿고 도사를 데려다 놓고 항상 황제가 되고자 했으니, 이것이 만고에 큰 죄 하나다. 조정에 충직한 신하를 꺼려하여 죄 없는 충신을 모함하여 나를 연경에 귀양 보냈으니, 그것이 죄 둘이다. 신기한 영웅이 황성에 있다는 도사 놈의 말을 듣고 내 자식을 죽이려고 내 집에 불을 놓았으며, 살아서 회수로 가자 군사를 보내 내 자식을 결박해 물속에 던져 죽이려 했

---

* 만승(萬乘) | 일만 채의 수레. 천자 또는 천자의 자리. 중국 주나라 때에 천자가 수레 일만 채를 출동시켰던 데서 유래한다.

백삼십구

으니, 이것이 죄 셋이다. 퇴임한 재상 강희주를 역적으로 몰아 옥문관에 보냈으니 이것이 죄 넷이요, 강승상의 식구들을 잡아다가 도중에서 죽였으니 이것이 죄 다섯이다. 황후와 태후, 태자를 사로잡아 진중에 가두어 굶주려 죽이려 하였으니 이것이 죄 여섯이요, 충신을 다 죽이고 도적을 막겠다고 황제를 속이고 도적에게 항복했으니 이것이 죄 일곱이다. 스스로를 황제라 하여 백성을 도탄에 빠지게 하고 충신을 잡아들여 굴복시키고자 했으니 이것이 죄 여덟이요, 호국에 구원병을 청해 황후와 태후, 태자를 호왕에게 보냈고 황성의 어여쁜 계집과 보물을 모두 다 탈취하여 남적에게 보냈으니, 이것이 죄 아홉이요, 황제를 번수가에서 죽이려 했으니, 이것이 죄 열이라. 세상에 남의 신하 되어 만고에 없는 열 가지 죄를 지었으니 이러고도 살기를 바라겠느냐. 우리 폐하를 이렇듯 고생케 했으며, 대비와 대군께서 여러 번 죽을 뻔했으며, 도성 안 모든 백성과 육국의 군사들을 죽게 했으며, 강승상과 나를 타국에서 죽이려 했으며, 온 세상을 어지럽히고 종묘사직을 위태롭게 하여 백성이 놀라 사방으로 흩어져 도망하게 했으니, 이게 모두 네 놈이 한 짓이 아니냐?'

정한담이 아무 말도 못하니 유심이 나졸에게 명령했다.

"정한담의 목을 황성의 저잣거리에서 베어라!"

나졸이 달려들어 정한담을 수레 위에 높이 싣고 황성의 큰길로 급히 나오며 외쳤다.

"이봐 백성아! 만고의 역적 정한담을 오늘 베러 가니 나와 구경하라."

백사십

성 안팎의 백성이 정한담 죽이러 간다는 말을 듣고 남녀노소 윗사람 아랫사람 구별 없이 그 광경을 보려고, 동편 사람은 서편 사람을 부르고 남촌 사람은 북촌 사람을 불러 서로 찾아 골목골목 빈틈없이 나왔다.

이봐 벗님네야. 가세 가세 어서 가세. 만고역적 정한담을 우리 유원수 장군님이 사로잡아 전후 죄목 물은 후에 백성에게 보이려고 황성의 저자에서 처형한다 하니 바삐 바삐 어서 가서 부모 잃은 사람은 부모 원수 갚아 주고, 자식 잃은 사람은 자식 원수 갚아 주세.

머리가 흰 노인은 손자를 업고 젊은 아낙네는 자식을 품고 전후좌우에 늘어서서, 어떤 사람은 달려들어 정한담에게 호령하고 어떤 여인은 정한담의 상투를 잡고 신짝을 벗어 양귀 밑을 찰싹찰싹 치며 말했다.

"네 이놈, 정한담아! 너 아니면 우리 집 가장이 죽었겠느냐, 내 자식이 죽었겠느냐. 우리 유원수께서 네놈 목을 진중에서 베지 않고 백성에게 보이려고 산 채로 잡아내어 오늘 베었으니, 네 시신을 우리 가장 혼백에게 바쳐 남은 한恨이나 없게 하리라."

정한담을 능지처참하는 것을 보고 황성의 온 백성이 유원수의 공덕을 수없이 칭송하였다.

다시 호국으로 가다

각 도와 각 관을 순시*하고 최일귀와 정한담의 삼족을 다 멸하고, 황제는 삼층으로 쌓은 단에 올라 하늘에 제사 지냈다. 그런 후 주부 유심의 벼슬을 높여 금자광록대부金紫光祿大夫 대승상大丞相 연국공燕國公에 연왕燕王으로 봉하시고, 옥새와 용포에 통천관을 내리시고 만종록을 주셨다. 유원수는 대사마 대장군 겸 승상 위국공魏國公에 봉하여 만종록을 주시고, 의형제를 맺어 충무후忠武侯에 봉하셨다. 그리고 남은 장수와 군사들에게 차례로 벼슬을 주고 상을 내리니, 모두가 즐기는 소리는 마치 요堯임금과 순舜임금 때 백성이 태평 시절을 노래하는 것과 같았다. 황제의 만수무강을 기원하고 유원수의 공덕을 칭송하는 소리가 천지를 진동하였다.

연왕 부자父子가 황제의 은덕에 감사하니, 황제가 위로하며 말했다.

"그대의 은혜를 갚으려면 살을 깎아 봉양해도 이를 다 갚을 길이 없도다."

이 말에 유원수가 땅에 엎드려 아뢰었다.

"하늘의 돌보심으로 아버지는 만났으나 어머니는 어디 가서 이런

* 순시(巡視) | 돌아다니며 사정을 보살핌.

줄도 모르며, 옥문관으로 귀양 간 강승상은 죽었는지 살았는지 모르옵니다. 가련한 강낭자는 청수에서 죽었으니 어디 가서 만나 볼 수 있겠사옵니까. 낭자가 부탁한대로 옥문관에 찾아가서 강승상의 뼈나 거두어다가 묻어 주고, 회수에 가서 모친을 제사하고, 청수를 지나면서 강낭자의 혼백이나 위로한 뒤 다른 데로 장가가서 아버지께 영화나 보일까 하옵니다."

황제가 이 말을 들으시고 슬픔에 젖어 태후께 그 말씀을 고하였다. 태후는 강승상의 고모라. 이 말을 듣고 슬퍼 눈물 흘리시며 유원수를 불러들여 손을 잡고 말했다.

"강승상은 나의 조카다. 그대 덕택에 내 몸은 살아 있으나, 강승상이 지금까지 살아 있는지 모르겠구나. 친정 식구라고는 강승상 하나뿐이다. 살았거든 데려오고 죽었거든 백골이나 주워오너라."

"저는 강승상의 사위옵니다."

유원수의 이 말을 태후가 듣더니 크게 기뻐했다.

"이게 웬 말인가. 만고영웅 유충렬이 그저 충신인 줄로만 알았더니 나의 손녀사위가 되는구나. 어서 가서 강승상의 생사를 알아보고, 그대의 모친과 나의 손녀를 제사 지내 위로하고 급히 돌아오너라."

유원수는 황제와 부왕을 하직하고 대군을 거느리고 바로 서번국을 향해 갔다. 양관을 넘어서 서편관에 도달해 급히 격서를 써서 서번국에 보내고 행군을 재촉하여 들어가니, 서천 삼십육도의 군장들이 충렬의 재주를 알고 겁에 질려 금은보화를 많이 싣고 옥새와 지도책을 손에 들고 와 항서를 써 바쳤다. 유원수는 장수의 지휘대에 높이 앉아 군장들을 잡아내어 일일이 죄를 따져 묻고 장계를 급히 써서 남경으로 보냈다. 그런 후에 번왕을 불러 옥문관 소식을 묻고, 즉시 행군하여 옥문관으로 달려갔다. 옥문관에 이르러 슬픈 마음을 진정하고 성안으로 들어가 수문장을 불러 황제의 공문을 보이며 물었다.

"귀양 온 강승상은 어디에 있느냐?"

"강승상은 성안에 있었는데, 십여 일 전에 남적이 쳐들어와 강승상을 잡아내어 호국으로 데려갔습니다."

유원수가 이 말을 들으니 분한 마음이 다시 일어났다. 노기등등하여 군사를 옥문관에 두고 수문장에게 단단히 타일러 경계했다.

"군사를 착실히 돌보면서 내가 돌아오기를 기다려라."

홀로 말을 타고 남쪽 하늘을 바라보며 구름을 헤치듯이 달려가 호국의 국경에 이르니 분한 마음이 더욱 솟구쳤다.

가달왕은 남경에서 데려간 어여쁜 계집들을 곁에 앉히고 풍악을 울리며 날마다 즐기고 있었다. 그때 가달왕이 데려간 도사가 하늘의 기운을 살펴보니 남경의 유원수가 국경으로 들어오고 있었다. 도사가 크게 놀라며 가달왕에게 고했다.

"남경의 유원수가 국경으로 들어오고 있으니 어찌하면 좋겠습니까?"

이 말에 가달왕이 놀라 여러 신하를 불러 모아 대책을 의논하였다. 이때 세 명의 장수가 백금투구에 흑운포를 입고 삼천 근이나 되는 철퇴와 구척이나 되는 장검을 들고 계단 아래에 엎드려 아뢰었다.

"우리 삼 형제는 번양 석장동 사는 마철 등이옵니다. 남경의 유충렬이 들어온다는 말을 듣고 천 리를 멀다 여기지 않고 왔사오니, 우리에게 선봉을 맡기시면 충렬의 목을 베어 오겠습니다."

바라보니 신장이 십 척이요, 기골이 장대했다. 가달왕이 크게 기뻐하며 마철을 선봉으로 삼고, 마응을 중군으로 삼고, 마학을 후군으로 삼아 정예 병사 팔십만을 가려 뽑아 석대산 아래에 진을 치게 한 후, 도사와 신하들을 거느리고 산에 올라 구경하였다.

강승상은 호국에 잡혀가서 갖은 고초를 겪으면서도 끝내 항복하지 아니하고 오히려 호왕의 잘못을 꾸짖었다. 호왕이 크게 화가 나 죽이려 하였으나 뜻밖에 유원수가 쳐들어오자 죽이지 못하고 감옥에 가두고 굶주려 죽게 내버려 두었다.

호왕이 남경으로 끌고 간 사람 중에 조낭자라는 계집이 있었다. 조낭자는 끝내 절개를 굽히지 않고 항상 강승상을 모시고 곁에 있으면서, 비바람이 불어도 거르지 않고 밤마다 유원수가 와서 남경 사람들을 살려내 부모 얼굴을 다시 볼 수 있게 해 달라고 축원했다. 그런데 호왕이 강승상을 옥에 가두자 따라가 밤낮으로 한탄하며 함께 있었다.

유원수가 말을 타고 홀로 호국으로 들어가 보니, 수많은 적병이 석대산 아래에 진을 치고 검술을 뽐내며 의기양양했다.

"네 이놈 가달왕아! 강승상을 해치지 마라."

유원수가 순식간에 달려들어 적진을 바라보며 벼락같은 소리를 천둥처럼 지르며 적진의 선봉을 헤쳐 들어가니, 적장 마철이 맞고함을 치며 말을 타고 달려 나왔다. 유원수를 맞아 싸우는데 채 한 번을 제대로 겨루지 못하고 마철의 철퇴가 부서지더니 창검마저 땅에 떨어졌다. 마응과 마학이 제 형이 당해 내지 못할 줄을 알고 한꺼번에 좌우에서 달려들었지만, 유원수의 일광주와 용린갑은 하늘이 내려 준 것이요, 용궁의 조화가 깃들어 있는 것이라. 화살 한 개 탄환 하나라도 꿰뚫을 수 있겠는가! 유원수는 장성검을 번개처럼 휘두르며 동쪽에서는 마철을, 남쪽에서는 마응을, 중앙에서는 마학을 베고, 적진의 백만 대병을 순식간에 다 몰살시키고는 천사마를 급히 몰아 석대산 아래로 쳐들어갔다.

이에 호왕과 도사가 크게 놀라 도망치려 하였으나, 천사마가 내닫는 앞으로는 나는 제비라도 도망가지 못하거든 하물며 사람이야 어찌 도망갈 수 있겠는가. 유원수가 순식간에 달려들어 장성검으로 호왕을 내려치니, 통천관이 깨어지고 상투가 떨어졌다.

"이는 내 잘못이 아니라 모두 다 옥관도사의 잘못이옵니다."

유원수는 호왕의 이 말을 들으니, 분한 마음이 다시금 솟구쳤다.

"도사는 어디 있느냐?"

물으니, 호왕이 일어나 앉으며 도사가 있는 곳을 가리켰다. 이에 도사를 잡아들여 죄목을 물은 후에 호통을 쳤다.

"너를 이곳에서 당장 죽여 분을 풀고 싶으나, 남경으로 잡아가서 황제와 우리 부친께 바친 후에 죽이리라."

도사를 수레에 싣고 성안으로 들어가 다시 호왕의 죄목을 따진 후 강승상이 있는 곳을 물으니 옥에 가두었다고 한다. 이에 즉시 감옥으로 달려가 옥문을 깨고 강승상을 부르니, 강승상과 조낭자는 호왕이 죽이려고 찾는가 싶어 놀라 기절한다. 유원수가 급히 들어가 강승상에게 여쭈었다.

"정신을 차리소서. 소자는 회사정에서 만났던 충렬이옵니다. 대명국 도원수가 되어 남적을 모두 몰살시키고 호왕과 도사를 사로잡아 이곳에 왔나이다."

강승상은 정신이 없는 와중에도 충렬이란 말을 듣더니 벌떡 일어나 앉았다. 가만히 보니 과연 충렬이 분명했다. 왈칵 달려들어 손을 잡고 통곡하니, 이때 하던 말을 어찌 다 헤아릴 수 있겠는가. 조낭자가 곁에 앉았다가 유원수란 말을 듣더니 앞으로 달려들며 말했다.

"장군님이 어찌 알고 와서 죽은 사람을 살려내어 고국산천을 다시 보고 부모 동생 다시 보게 하니, 이런 일이 또 있겠습니까. 폐하께서도 살아 계시옵니까?"

유원수가 대답하고, 집을 떠나 백룡사 스님을 만나 말과 투구 등을 얻은 후에 남적을 몰살하고 이리로 온 사연을 승상에게 낱낱이 고하니, 승상이 크게 기뻐하며 칭찬하기를 그치지 아니했다.

유원수는 조낭자의 전후 사정을 물은 후에 치하하고는 함께 궐문에 들어가 격서를 써서 번국에 보냈다. 번왕은 유원수가 온다는 말을 듣고는 황겁하여 항서를 쓰고 광채가 나는 비단을 갖추어 사신을 가달로 보냈다. 유원수는 사신에게 번왕의 죄를 따진 후, 가달왕과 번왕의 항서와 도사를 사로잡아 보내는 연유를 황제께 알리었다.

가달왕에게 남경에서 잡혀 온 여인네들은 고국과 부모를 생각하며 밤낮으로 한탄하며 지내고 있었다. 유원수가 본국으로 데려가고자 이

들을 찾으니 넘어지고 엎어지며 달려 나와 전후좌우에 나열해 서서 유원수에게 수없이 감사를 드렸다. 유원수는 이들을 준마 삼백 필에 낱낱이 다 태우고, 조낭자는 옥으로 장식한 가마에 태워 강승상 곁에 앉게 하고는 행군을 재촉하여 길을 떠났다.

여러 날 만에 회수에 도달하니 한숨이 절로 났다. 전에 듣던 물결소리가 사람의 간장을 다 녹이고 전에 보던 좌우의 푸른 산이 대장부의 한숨을 돋운다. 유원수는 어머니를 생각하며 백사장에 내려앉아 가슴을 두드렸다. 어머니의 원통한 사연을 자세히 기록하고 제물을 장만한 후 제사를 지내려 번양 회수로 들어갔다. 남만 오국에서 받은 금은과 비단을 싣고, 옥문관에 두고 갔던 군사들과 호국에서 데려오는 아름다운 여인네들과 강승상을 모시고 옥가마를 타고 오는 조낭자와 함께 군마를 다섯줄로 늘어세우고 행군하여 번양성 안으로 들어가니, 그 영화와 그 거동은 전국시대 때 여섯 나라의 정승政丞이 되어 말에 온갖 물건을 잔뜩 싣고서 낙양성 안으로 들어가는 소진蘇秦과도 같고, 당나라 때 안녹산의 난을 평정하고 분양汾陽 땅의 왕이 되어 고향으로 돌아가는 곽분양郭汾陽과도 같았다. 각 도의 백성이 유원수의 앞뒤를 에워싸고 고을의 수령들은 좌우에 늘어서 있는데, 행차를 알리는 소리가 하늘 높이 울려 퍼지고 군사들의 외치는 소리가 진동했다.

유원수는 객사에 자리를 잡자마자 급히 번양 태수를 부르더니 천금을 내어 주며 제물을 장만케 했다. 십 리 백사장에 희고 푸른 장막을 둘러치고 고을의 수령들을 늘어서게 하고 생선과 고기, 채소 등 온갖

백사십구

제물을 잘 차려 놓았다. 유원수는 흰 옷에 흰 두건, 흰 띠와 흰 갓을 갖추어 입고 축문 한 장을 슬프게 지어들고 회수가로 나갔다. 조낭자 또한 목욕재계 하고 소복을 입고 향로香爐를 들고 유원수를 모시고 물가로 나갔다. 남경의 도원수 유충렬이 회수에 빠져 죽은 어머니를 위해 제사를 지낸다는 말을 듣고는 남녀노소 없이 유원수의 공덕을 칭송하며 그 얼굴을 보려고 쌍쌍이 짝을 지어 회수가 십 리 뜰에 빈틈없이 둘러서서 구경했다. 유원수는 삼층으로 높이 쌓은 제단 위에 제물을 차려 놓고, 조낭자는 향로를 받들어 제단 위에 올려놓은 후, 조낭자가 집사執事가 되여 분향焚香하고 나오니, 유원수가 통곡하면서 무릎을 꿇고 축문을 읽는다.

* 지전(紙錢) | 돈 모양으로 오린 종이. 죽은 사람이 저승 가는 길에 노자(路資)로 쓰라는 뜻으로 관 속에 넣는다.

유세차惟歲次 부경 17년 갑자甲子 2월 갑인삭甲寅朔 28일 신사辛巳에 남경 동성문 안에 사는 불효자 유충렬은 어머님 장씨 전에 예의를 갖추어 지전*으로 바다를 떠도는 외로운 혼백을 위로하오니, 혼백은 이를 받으소서. 오호라! 우리 부모 나이가 들어도 자식 하나 없어, 뱃속까지 사무치는 서러운 마음으로 남악산에 정성으로 빌어, 하늘의 도우심을 입어 충렬을 낳아, 애지중지愛之重之 키워 영화를 보려고 했더니, 간신의 모함으로 아버님이 만리 연경으로 귀양을 가게 되었도다. 이에 어머님을 모시고 있다가 화를 피해 달아나 이 물가에 이르니, 난데없이 수적水賊이 사방에서 달려들어 우리 어머니를 결박하고 나를 바다 속에 빠뜨리고, 어머님은 간데없고 하늘의 도움으로 모진 목숨 충렬이만 살아났도다. 그 후 어머님이 주신 옥함을 얻어 싸움에서 쓸 기구를 갖추어서 외적을 모두 물리치고, 정한담과 최일귀를 처단한 후에 황제를 구하고, 만 리 연경에 귀양 가 계신 아버님을 모셔와 폐하의 은덕으로 연왕이 되어 만종록을 받게 되었도다. 남적을 소멸한 후에 강승상을 살려내어 이 길로 오다가 어머님을 생각하여 이곳에 들렀거늘, 어머님은 어디를 가셨기에 충렬이 온 줄도 모르십니까. 호국으로 갔던 아버님도 살아오고, 옥문관으로 갔던 강승상도 살아오고, 호국에 잡혀갔던 고국 사람들도 살아오고, 번국에 잡혀갔던 황후와 태후의 귀하신 몸도 충렬이가 살려왔는데, 어머님은 어디로 가서 살아올 줄 모르십니까. 이번에 아버님께서 소자를 보내시면서 '번양 땅에 가 네 어머님을 찾아오라.' 부탁하셨는데, 만경창파 깊은 물에서 어찌 백골인들 찾을 수 있겠습니까. 어머님이 옥함을 주실 때 수건에 쓴 글씨를 가져왔으니, 혼백이나 와서 충렬을 만져 보십시오. 충렬은 명나라 대사마 도원수 겸 승상 위국공이 되고, 아버님은 금자광록대부 겸 대승상 연국공에 연왕이 되셨는데, 어디로 가 계셔서 이 같은 영화를 모르십니까. 우리 집에 불을 놓은 정한담을 사로잡아 감옥에 가두었다가 아버님을 모셔온 후에 아버님 앞에 엎드리게 하고 전후 죄목을 물은 후에 어머님 전에 제사를 지냈는데, 그런 줄이나 알고 계십니까. 충렬이 이처럼 귀하게 된 것을 어머님 혼령은 알련마는 언제 다시 만나 볼까. 세상에 나같이 귀한 영화를 누리는 이가 없건마는 피눈물이 솟아나는 것은 어찌된 일인가. 어머님을 편히 모셔 늙어서 돌아가셨으면 이다지 원통할까. 만리 연경에서 남편을 잃고, 넓고 넓은 바다에서 자식을 잃고, 도적에게 붙들리어 물속 외로운 혼백이 되었으니, 천만년이 지나간들 어머님같이 원통할까. 혼령이 오셨거든 이렇듯 장만한 진수성찬珍羞盛饌을 흠향하고 돌아가서 다음 세상에서 다시 만나 영원토록 어머니와 아들이 되어 다하지 못한 정을 다시 나누기 바라나이다. 드릴 말씀은 끝이 없으나 눈물이 흘러 옷이 젖고 가슴속이 답답하여 이만 그치나이다. 상향*.

유원수가 축문을 읽으며 우는 소리가 용궁에 사무치니 용신龍神도 눈물을 흘리고, 산천이 슬픔에 젖으니 산신령도 눈물을 흘린다. 흰 장막 둘러친 안팎에서 구경하는 사람들도 유원수가 울면서 축문 읽는 소리를 듣고 울지 않는 사람이 없었다. 철석간장* 아니거든 누군들 눈물 흘리지 않으리오. 초목금수* 아니거든 어느 누가 울지 않으리오. 곁에 있던 고을의 수령들도 모두 서로를 바라보고 슬피 울며 눈물을 뿌렸다. 그 중에도 홀아비와 과부, 고아와 자식 없는 늙은이 등 서러운 사람은 더욱 슬피 통곡하니, 그 소리에 강천江天이 슬픔에 잠기고 해와 달이 빛을 잃었는데, 안개조차 자욱하게 끼어 천지가 어둑어둑 했다.

유원수는 제사를 끝낸 후에 온갖 음식을 많이 싸서 바다에 흩뿌리고, 성안으로 들어와 군사들을 잘 먹인 뒤 길을 떠났다. 각 고을에 먼저 행차를 알리는 문서를 보내고 출발하여 금릉성에 이르러 숙소를 정하고 군사를 쉬게 했다.

장부인은 활인동 이처사의 집에 있으면서 세월을 보내고 있었다. 그러던 어느 날 남경에 난리가 났다는 말을 듣고는 장부인이 탄식했다.

"어쩔 수 없구나. 이제는 주부께서 속절없이 죽겠구나. 우리 충렬이 살았으면 난리를 평정하고 부모를 찾으련만 이제는 죽는 일만 남았구나."

이렇듯 말하며 통곡하였다.

그런데 마침 이처사가 번양에 갔다가 대명국 도원수 유충렬이 회수에서 어머니 제사를 지낸다는 말을 듣고 백성 틈에 끼어서 함께 구경하다가, 유원수가 축문 읽는 소리를 듣고는 매우 놀라고 또한 기뻐 급

* 상향(尙饗) | '적지만 제물을 받으소서'의 뜻으로, 축문(祝文)의 맨 끝에 쓰는 말.
* 철석간장(鐵石肝腸) | 굳센 의지나 지조가 있는 마음.
* 초목금수(草木禽獸) | 풀과 나무와 날짐승과 길짐승을 통틀어 이르는 말.

히 돌아와 장부인에게 아뢰었다.

"세상에 기이하면서도 의심스러운 일이 있습니다. 마침 오늘 제가 번양에 갔다가 오는데, 남쪽 큰길에서 말을 탄 수많은 군사들이 들어오며 회수가로 모여들었습니다. 주위 사람에게 물으니, 남경 도원수 유충렬이 어머니를 위해 회수에서 제사를 지낸다고 했습니다. 그들과 함께 구경하는데, 유원수가 흰 옷을 입고 흰 관을 쓰고 제물을 차려 놓고 축문을 읽으며 통곡하는 소리를 들으니, 틀림없는 부인의 아들이었습니다. 부인이 항상 하시던 말씀을 낱낱이 그대로 말하더이다."

장부인이 이 말을 듣더니 머리를 흩뜨리고 땅을 두드리며 말했다.

"이게 웬 말이냐. 유원수가 하던 말을 다시 해보시게."

이처사가 유원수가 하던 말을 전하자 장부인이 이를 듣고는 벌떡 일어서며 말했다.

"어서 가세. 내 아들 충렬이 살아왔네. 옥함을 받았단 말이 웬 말인가."

장부인이 통곡하며 가려고 하는데, 이처사가 만류하며 말했다.

"틀림없다면 내가 먼저 알아보고 오겠습니다."

장부인이 다시 또 물었다.

"유원수의 나이는 얼마나 되며 저의 외가는 뉘 집이라 하던가?"

"나이는 이십이요, 외가는 이부상서 장윤이라 합니다."

"틀림없도다. 내 아들이 아니면 어찌 내 부친의 이름을 알겠는가. 어서 가서 알아오시게."

이처사가 급하게 금릉성으로 달려가서 군사를 불러 활인동 사는 이처사가 유원수를 뵙고자 한다고 전하라 하니, 유원수가 이 말을 듣고는 들어오라 했다.

이처사가 들어가 절하고 앉은 후에 유원수의 공덕을 칭송하니 유원수가 사양하면서 말했다.

"모두 황제의 은덕이니 내게 무슨 공이 있겠습니까. 그런데 제게 무슨 허물이 있어 이 누추한 곳에 오셨습니까?"

"꼭 알고자 하는 일이 있어 왔습니다. 어제 회수가에서 유원수가 읽은 축문의 말씀이 분명 그러하옵니까?"

유원수가 이 말을 듣더니 마음이 저절로 슬퍼져 눈물을 흘리며 말했다.

"어찌하여 이를 묻는 것입니까. 분명 그러하옵니다."

"틀림없이 그렇다면 이는 참으로 만고에 드문 일입니다. 유주부를 모셔왔다고 하셨는데, 유심은 나의 처삼촌이옵니다. 이전에 그런 말씀을 들으셨습니까?"

유원수가 크게 놀라 말했다.

"돌아가신 분의 이름을 부르기 미안하나, 예전 한림학사 이인학과는 어떻게 되십니까?"

"나의 아버님이십니다."

유원수가 이 말을 듣더니 이처사의 손을 잡고 말했다.

"형님을 이곳에 와서 만나 볼 줄 꿈에서도 생각지 못했습니다."

이처사도 그제야 유원수를 붙들고 슬픔에 젖어 말했다.

"어머님을 지척에 두고 어찌 찾을 줄을 모르는가?"

유원수가 이 말을 듣더니 정신이 아득하여 겨우 마음을 가라앉힌 후에 이처사를 붙들고 말했다.

"이게 웬 말입니까? 나의 어머님이 근처에 있다는 말씀이십니까?"

이처사는 유원수를 위로하여 정신을 차리게 한 후 말했다.

"세상에 이런 일이 어디에 또 있는가. 나를 따라가면 어머님을 만날 것이네."

마음이 허공에 떠서 바삐 이처사를 따라가니 순식간에 이처사의 집에 당도하였다. 이처사가 급히 들어가며 장부인을 불렀다.

"처숙모는 어디 계십니까? 충렬을 데려왔나이다."

장부인은 이처사를 보내고 소식을 알아오기를 마음속으로 잔뜩 기대하고 있던 차에, 충렬을 데려왔다는 말을 듣고는 크게 놀라 숨도 쉬지 못하고 기절했다. 충렬이 달려들어 문 앞에 엎드리니, 장부인은 이처사의 구완으로 정신을 차린 후에 정신이 나간 사람처럼 말했다.

"네가 귀신이냐 아니면 내 아들 충렬이냐? 내 아들 충렬은 회수에서 틀림없이 죽었거늘 어떻게 살아올 수 있겠느냐? 내 아들 충렬은 등에 삼태성이 표적으로 박혀 있느니라."

유원수가 급히 옷을 벗고 곁에 앉으니, 과연 등에 삼태성이 뚜렷이 박혀 있고 금으로 새겨진 글자가 어제 본 듯 뚜렷했다. 서로 붙들고 통곡하는데, 그 정이 만 리 호국에서 아버지를 만날 때보다 두 배나 더했다. 뜻밖에 모자가 다시 만났으니 그 반갑고 슬픈 정을 어찌 한 입으로 다 말할 수 있겠는가. 장부인이 말하면 충렬이 울고, 충렬이 말하면 장부인이 우니, 푸른 하늘의 해와 달이 빛을 잃고 산천초목도 다 슬퍼했다.

발 없는 말이 천 리를 간다더니, 회수에서 제사를 지내던 유충렬이 활인동에 사는 이처사의 집에서 어머니를 만났다는 소식을 듣고, 각 고을의 수령들과 구경하던 사람들이 모두 금릉성 안으로 들어와 보고 칭찬했다.

강승상이 옥가마를 가지고 활인동에 들어가 인사한 후 장부인을 모시고 성안으로 들어오니, 구경하는 여인들이 옥가마를 잡고 장부인에게 수없이 치하했다. 장부인의 덕을 칭송하는 소리에 산신령도 춤을 추고 강산도 즐거워했다. 성안에 들어와 며칠을 즐기고 난 후, 활인동 입구에 세 길이나 되는 커다란 비석을 세워 전후의 일을 자세히 기록하고는 이처사의 식구들을 모두 거느리고 황성으로 길을 떠났다.

서천 삼십육도의 사신과 남만 다섯 나라에서 바친 금은과 아름다운 비단 만여 필을 앞세우고, 남경 사람들과 군사들이 좌우에 나열하고, 각 고을의 수령들이 앞뒤로 호위하였으며, 구경하는 사람들까지 백 리를 늘어섰으니, 이러한 화려하고 웅장한 행차는 전에 볼 수 없는 것이었다.

어머님과 강승상을 모시고 길을 떠나 영릉을 바라보고 가게 되니, 유원수의 마음은 한편으론 기쁘고 한편으론 슬퍼 한숨이 절로 났다. 부모는 다시 만났으나 강낭자를 어디 가서 만나리오. 어머니를 보고 강승상을 보니 그 모습이 전혀 달랐다. 옥교 안의 어머니는 얼굴에 기쁨이 가득한데, 수레 위의 강승상은 딸 생각에 슬픔이 얼굴에 가득하였다.

영릉으로 들어오니, 그때는 춘삼월이었다. 하늘과 땅의 기운이 서로 합쳐지니 온 산의 붉고 푸른 꽃들은 온갖 풀과 함께 봄 경치를 다툰다. 제비는 지저귀며 인가를 찾아들고, 호랑나비는 훨훨 날아 꽃 사이로 날아들고, 나무마다 숲을 이루어 가지마다 봄빛이다.

태평성대를 만난 백성은 삼삼오오 떼를 지어 답청*했다. 살구꽃, 복숭아꽃을 꺾어들고 화전*을 부치며 즐거워하다가, 사랑스런 마음을 못 이기어 쌍을 지어 마주보고 춤을 추며 노래하면서 유원수의 은덕을 칭송하니, 그 노래 즐겁도다.

하늘의 운수運數가 돌고 돌아 대명大明이 밝았으니,
만고에 어진 영웅 뉘 집에 났단 말인가.
동성문 다리 안에 유상공의 집이로다.
역적이 때 모르고 뽕나무 활을 매니*
유원수의 칼이 오히려 온 세상을 밝혔도다.
승전곡勝戰曲 한 소리에 도적이 함몰하여 천하가 태평하니
호국에서 죽은 임금과 어버이 고향으로 살아오고
여염閭閻의 처자와 부모가 모두 함께 즐거워하네.
우리 임금 덕이 높아 봄빛 가득한 좋은 시절에 온갖 꽃이 활짝 피었으니
화전花煎하는 백성이 뉘 그 덕을 칭송하지 않으리오.
우리 유원수 부모를 만났으니 부디 아들딸 많이 낳으소서.

유원수는 강낭자를 생각하면서 영릉성 안으로 들어갔다. 이 영릉 땅은 강승상이 살던 곳이니, 그 슬픈 마음을 어찌 다 헤아릴 수 있으리

오. 객사客舍에 숙소를 정하고, 월계촌 소식을 알고자 하여 사오 일을 계속 이곳에 머물렀다.

강낭자는 목숨을 도망하여 어머니와 함께 청수 물가에 와서 어머니는 청수에 빠져 죽고, 자신은 영릉 고을 관비官婢에게 잡혀 와 있었다. 천한 노비가 하는 일이 언제나 그렇듯이, 관비는 낭자를 수양딸로 삼은 후에 태수에게 수청을 들게 하려고 별별 짓을 다하였다. 관비가 수없이 자신의 절개를 꺾으려 했지만 눈과 얼음같이 맑은 절개를 지닌 강낭자의 해와 달같이 밝은 마음이 어려움이 닥친다고 잠시인들 변하겠는가. 이 꾀로 피하고 저 꾀로 피하다가, 관장官長에게 욕도 보고 관비에게 매도 많이 맞으니, 가련한 그 모습은 차마 눈뜨고 보지 못할 정도였다.

관비에게는 딸이 하나 있었는데, 제 몸은 미천하나 마음은 어질어 강낭자를 불쌍하게 여기고 그 절개를 칭찬하였다. 제 어미가 낭자에게 잘못할 때면 이를 만류하고, 낭자를 대신하여 매번 몸을 바꿔 제가 수청 들고 낭자를 구했다.

유원수가 영릉 동헌*에 자리 잡고 사오 일 동안 머무르니, 관비가 생

* 답청(踏靑) | 봄에 파랗게 난 풀을 밟으며 산책함. 또는 그런 산책.
* 화전(花煎) | 꽃을 얹어 만든 부침개.
* 뽕나무 활을 매니 | '상봉지지(桑蓬之志)'에서 온 말. 옛날 중국에서는 남자 아이를 낳으면 뽕나무로 만든 활로 쑥대로 만든 화살을 쏘아서 성공을 기원하였다고 했다.
* 동헌(東軒) | 지방 관아에서 고을 수령(守令)들이 공사(公事)를 처리하던 중심 건물.

각하기를,

　'유원수는 천하의 호걸이요, 낭자는 뛰어난 미인이라. 이런 기회에 수청을 들게 하면 유원수가 혹한 마음에 천만 냥인들 아끼겠는가.' 그러고는 급히 들어가 행수*를 찾아뵙고는, 이날 밤에 낭자를 보내겠다고 했다. 그의 딸 연심이 이를 알아채고 낭자에게 말했다.

　"오늘밤에 변고를 만날 것이나 그대는 사양하지 말고 들어가라. 그러면 내가 길 중간에 있다가 대신 들어갈 것이니, 그리 알고 있으라."

　과연 그날 밤에 관비가 낭자를 데리고 구경을 가자고 하며 동헌으로 가니, 강낭자가 웃으며 말했다.

　"이제는 염려 말고 나가시오. 유원수의 수청이야 어찌 사양하리오."

　관비가 매우 기뻐하며 말했다.

　"네 몸이 과연 높도다. 이 고을 관장이 수없이 바뀌었으나 끝내 허락하지 않더니, 남경 대사마 도원수 겸 대승상 위국공의 수청은 사양치 아니하니, 우선 인물이 잘 나고 볼 일이다. 네 마음도 높고 소원도 높구나. 나도 젊었을 때는, 여기서 가장 예쁜 계집 삼백여 명 중에서 하남 절도사로 와 계시는 월계촌 강승상에게 나 혼자 수청 들어 금은보화를 많이 받았도다. 참으로 세월이 원수로다."

　관비가 이렇듯이 빈정거리고 나가자, 연심은 낭자를 내보내고 제가 대신 들어갔다. 유원수는 강낭자를 생각하면서 등불을 밝히고 비단 주머니를 끌러 낭자의 글을 보고 있었다. 글자 한 자 한 자 볼 때마다 눈물이 솟아나고 한숨이 절로 났다. 깊은 밤 밝은 달이 꽃가지를 비추는 듯, 빈산의 두견새야 울지 마라. 너는 누구를 생각하여 장부의 간장을 다 녹이느냐. 낭자는 어디 가고 속절없는 글 두 구만 비단 주머니 속에 들어 있느냐. '여관의 외로운 등불 밑에서 잠 못 이루니, 나그네 마음은 무슨 일로 쓸쓸한가.' 라는 구절은 나를 두고 말한 것이고, '해는 장사長沙 땅으로 지고 가을빛 먼데, 어느 곳에서 그대를 만날지 알 수 없구나.' 라는 구절은 낭자를 만나 볼 길 없음을 뜻한 것이로구나. 옛날 사마장경*은 초년에 어려움을 겪다가 문장과 부귀를 아울러 갖추어 고향으로 돌아오니, 그의 아내 탁문군*이 바삐 문밖에 나와 손을 잡고 들어갔다 하고, 낙양 땅의 소진蘇秦이도 기운 옷을 입을 정도로 가난하게 지내다가 여섯 나라의 정승이 되어 고향에 돌아오니, 그의 아내가 엎어질듯 뛰어나와 인도하여 들어갔다 하는데, 유충렬은 어려서 부모 잃고 죽을 뻔하다 겨우 살아나 도원수 대승상이 되었고 만리 타국에 가 싸움에 이기고 죽은 부모를 살려내어 고향에 돌아온들, 청수에서 죽은 낭자가 어떻게 와서 맞이할 것인가. 하얗게 머리가 센 강 승상을 무엇이라 위로할 것인가? 이렇듯이 한탄하면서 그 밤을 지내고 있었다.

강낭자는 연심을 대신 보내고 침실로 돌아와 유원수를 생각하며 잠 못 이루고 탄식했다.

'세상에 이상한 일도 있구나. 유원수의 성명姓名을 들으니 나의 낭

* 행수(行首) ㅣ 한 무리의 우두머리.
* 사마장경(司馬長卿) ㅣ 전한(前漢)의 촉땅 성도(成都) 사람 사마상여(司馬相如). 장경은 그의 자.
* 탁문군(卓文君) ㅣ 부자인 탁왕손의 딸로 가난한 사마상여를 사랑하여 집안의 반대를 무릅쓰고 도망가 사마상여와 혼인했다.

군과 성도 같고 이름도 같다. 내 낭군이 틀림없다면 반드시 월계촌으로 들어가서 우리 집 소식을 물으련만 월계촌에 가지 않으니 답답하고 원통하다. 연심이 나오면 사실을 알아보리라.'

이렇듯 근심하며 잠을 이루지 못하고 비단 주머니를 끌러 낭군이 준 글을 보면서 한 글자 볼 때마다 눈물을 흘렸다.

"죽어 저승에서 만나자고 말씀하시더니, 모진 내 목숨은 살아나고 낭군은 죽었도다. 살았다면 대명국 도원수 될 이는 낭군밖에 없건마는, 몰라보니 답답하다."

이튿날 연심이 나오다가 제 어미를 만나니, 관비가 연심이 대신 수청 든 사실을 알고 몹시 화가 나서 낭자를 죽이려고 유원수께 급히 들어가 아뢰었다.

"소인의 딸이 얼굴이 매우 아름다울 뿐만 아니라 고운 태도 또한 갖추고 있어 상공께 수청을 들였더니, 제 몸은 피하고 다른 계집을 대신 들여보냈습니다. 이 계집의 죄를 물으소서."

유원수는 이 말을 듣고 몹시 화가 나 대신 수청 든 계집을 잡아들이라 명했다. 연심이 잡혀 들어가 계단 아래에 엎드리니, 유원수가 물었다.

"너는 무슨 욕심으로 남을 대신하기를 잘 하느냐? 죽을 때도 대신 할 것이냐?"

"소녀가 비록 천한 종년이오나 평소에 절개를 지키는 사람을 불쌍히 여기고 있습니다. 그런데 몇 년 전에 제 어미가 외촌에 갔다가 한 여자를 데려다가 수양딸로 삼고, 수령이 새로 부임하는 고을마다 수청을 들게 하였습니다. 그러나 그 여자의 굳은 절개가 맑은 하늘에 떠 있는 해와 달 같고 추운 겨울밤을 밝히는 촛불과 같아 변할 길이 없는 까닭에 소녀가 매번 대신하였습니다. 마침 상공이 행차하심에 그 여자를 구하고자 대신 왔사오니 죄를 주옵소서."

유원수가 이 말을 듣더니 마음이 저절로 슬퍼지면서 한편 의심이 들었다.

"그 여자의 성명이 무엇이며, 절개가 있다 하니 뉘 집 여자냐?"

"소녀가 그 여자와 사오 년을 함께 지냈으나, 끝내 성명을 모른다 하고, 뉘 집 자식이란 말도 하지 않았습니다."

"분명코 그러하다면 빨리 데려오라."

강낭자는 연심이 잡혀갔다는 말을 듣고 신세를 한탄하고 있었는데, 뜻밖에 관비 십여 명이 나와서 자신을 잡아다가 계단 아래에 무릎을 꿇게 했다. 유원수가 창문을 열고 낭자의 얼굴을 보니 어디서 본 듯했다. 마음이 슬퍼져 다시 자세히 보니 입은 옷은 남루하나 기생이 될 마음을 먹을 사람이 아니요, 천한 사람의 자식이라는 것이 오히려 아까웠다. 유원수가 소리를 나직이 하여 낭자에게 말했다.

"거동을 보니 천한 사람의 자식이 아니로다. 수절을 한다는 말을 들었거니와 낭자는 뉘 집 자식이며 누구인대 젊은 나이에 수절을 하는가? 또한 무슨 일로 관비의 양녀가 되었는가? 속이지 말고 사실대로 내게 말하라. 내가 알아볼 일이 있으니 자세히 말하라."

강낭자가 계단 아래 엎드려 유원수의 말을 들으니, 이별할 때 하직하고 가던 낭군의 목소리와 조금도 다름이 없었다. 예전에는 도망하여 왔기에 성명과 사는 곳을 속였으나, 유원수의 목소리를 들으니 마음이 저절로 슬퍼져 진정으로 여쭈었다.

"소녀는 다른 사람이 아니라 이곳 월계촌 사는 강승상의 무남독녀이옵니다. 아버님이 만 리 연경으로 귀양 간 유주부를 위하여 상소하였는데, 만고의 역적 정한담이 모함하여 아버님을 옥문관에 귀양 보내고, 금부도사를 보내 소녀와 어머님을 잡아다 관청의 노비로 삼으려 했습니다. 그날 밤중에 청수로 도망하였는데 어머님은 물에 빠져 돌아가시고, 소녀도 죽으려 했으나 영릉의 관비가 외촌에 갔다가 오는 길에 저를 데려갔습니다. 관비가 수없이 험악하게 굴었지만 연심의 도움으로 지금까지 살아왔습니다. 오늘 이 말을 원수께 고하였으니 소녀는 이제 자결코자 하옵니다."

"이게 웬 말인가!"

유원수가 이 말을 듣더니 놀라 영릉 태수를 급히 불러 강승상을 오시라 했다.

강승상은 딸을 생각하며 밤을 새워 몸이 피곤해 졸고 있다가, 뜻밖에 유원수의 전갈을 듣고 놀라 들어갔다.

"강낭자가 살아왔습니다."

강승상은 이 말을 들으니 정신이 아득하고 천지가 캄캄했다. 유원수가 이별할 때 주고받았던 신표를 내어 놓아 자세히 살펴보니 조금도 의심할 바가 없다. 강승상이 낭자의 목을 끌어안고 구르며 말했다.

"내 딸 경화야, 청수에서 죽었다고 들었는데 혼백이 살아왔느냐? 꿈이냐 생시냐? 너의 낭군 충렬이 왔다는 소식을 듣고 찾아왔느냐? 우리 집이 연못이 되어 푸른 버드나무 가지만 빈 터에 남았으니 이 슬픈 마음을 어찌 다 진정하리오."

동헌 안채에 있던 장부인이 이 기별을 듣고 급히 나와 보니, 낭자가 고부姑婦의 예로 문안을 드린다. 강낭자가 자신이 살아난 일을 자세히 말하니, 장부인이 손을 잡고 말했다.

"세상 사람이 고생이 많다고 하나 우리 고부 같겠느냐."

관비는 혼백이 하늘로 올라가고 간장이 녹아내리는 듯했다. 유원수가 동헌에 높이 앉아 관비를 잡아들여 그 죄를 물었다.

"너 같은 천한 기생이 사람을 어찌 알아보겠느냐. 너를 죽여야 마땅할 것이지만 청수에 가서 낭자를 구한 일이 있기에 용서해 주니 낭자의 은덕인 줄 알라."

연심을 불러 무수히 치사하고 보내려 하니, 낭자가 곁에 앉았다가 말했다.

"연심은 내가 평생 동안 그 은혜를 갚아야 할 사람이니 앞으로 계속 함께 지내고 싶습니다. 황성으로 데려가 주십시오."

유원수가 그 말을 옳게 여기고 연심을 불러, 장부인을 착실하게 모시라고 하니 연심이 황공해하였다.

유원수는 앞뒤의 사연을 낱낱이 기록해 황제에게 올리고 길을 떠났다. 강낭자와 조낭자는 옥가마를 타고 금덩*을 탄 장부인을 좌우에서 모시고, 수레에 탄 강승상은 다섯 나라의 사신들이 모셨다. 유원수는 일광주를 쓰고 용인갑을 입고 장성검을 높이 들고 천사마 위에 높이 앉아 행군하여 천천히 나오니, 그 거동과 그 영화는 예전에 볼 수 없을 정도였다.

계양역을 지나 청수 물가에 다다르니, 소부인이 죽은 곳이었다. 유원수가 강승상을 위해 급히 영릉 태수를 불러 제물을 장만하게 했다. 강승상을 제주祭主로 삼고, 조낭자는 집사執事가 되고, 유원수는 축관祝官이 되어 축문을 읽으며 통곡하니, 그 말이 회수에서 모친에게 제사를 지낼 때와 다름이 없었다.

* 금덩 | 황금으로 호화롭게 장식한 가마.

귀환

제사를 다 지낸 후에 행군하여 황성으로 향했다. 황제와 태후, 연왕과 조정의 신하들은 충렬을 가달국에 보내 놓고 장부인 찾아오기를 바라면서 밤낮으로 한탄하며 지냈는데, 뜻밖에 유원수가 올린 글을 보니 즐거운 마음 헤아릴 수 없었다. 황성의 백성도 이 말을 듣고는 각각 자식을 만나 보려고 다투어 나왔다.

황제와 태후와 연왕이 백 리 밖에 나와 유원수를 맞이하며 행차를 보니, 오국의 사신이 선봉이 되고 서천 삼십 육도와 남만 오국에서 보낸 금은과 비단, 과일, 아름다운 여인들이 차례로 말을 타고 줄줄이 들어온다. 그 가운데로는 장부인이 탄 금덩이 들어오고, 금덩 좌우에는 각각 옥가마를 탄 강낭자와 조낭자가 들어온다. 좌우에는 푸른 깃발들이 늘어져 있고, 수놓은 비단으로 만든 해를 가리는 양산대陽織臺는 하늘 높이 솟아 있었다. 강승상은 수레 위에 높이 앉아 있고, 군사들이 앞뒤를 호위하며 따르고 있었다. 붉은 깃털이 달린, 하늘을 닿을 듯이 긴 사명기司命旗를 한가운데 세워 두고, 용과 봉황이 그려진 대장기大將旗와 수많은 깃발과 창검을 든 삼천 병마兵馬가 앞뒤로 대열을 짓고 북을 울리면서 들어오니, 산천이 진동했다. 도원수는 일광주를 쓰고 용인갑을 입고 장성검을 높이 들고 천사마를 비껴 타고, 누런 용의 수염을 드리우고, 봉황의 눈을 반만 뜬 채 군사를 재촉하고 있는데, 그 웅장한 거동은 일대 장관으로 후세에 길이 전해질 만한 광경이었다.

황성의 백성은 남적에게 잡혀갔던 며느리며 딸이며 동생들이 본국으로 돌아온다는 말을 듣고, 십 리나 되는 호산대 뜰이 빈틈이 없을 정도로 마중 나왔다. 각각 만나니, 서로들 손과 옷을 부여잡고 그리던 마음에 못내 즐거워했다. 웃기도 하고 울기도 하는 소리가 공중에 뒤섞여 호산대가 떠나갈 듯 요란했다. 유원수를 치하하고 장부인을 치하하는 소리 또한 요란했다. 금산성 아래에 이르니, 황제와 태후가 옥연*에서 바삐 내려 장막 밖으로 나왔다. 유원수가 갑주를 갖추고 군사의 예로 인사를 올리니, 황제와 태후가 유원수의 손을 잡고 못내 치하하며 말했다.

"과인의 수족手足을 만리타국에 보내고 밤낮으로 염려했는데, 이렇듯이 무사히 돌아오니 즐거운 마음을 어찌 다 헤아릴 수 있겠느냐. 회수에서 죽었다던 모친을 데려온다 하니 이는 만고에 없는 일이며, 옥문관의 강승상과 청수에서 죽었다던 강낭자를 살려오니 이 또한 천추에 드문 일이라. 그대의 은혜는 죽어도 잊기 어렵도다. 그 말을 어떻게 다 하리오."

황제와 태후가 유원수를 치하한 후에 강승상을 부르니, 강승상이 바삐 들어와 땅에 엎드린다. 황제가 내려와 강승상의 손을 잡고 위로하

---

* 옥연(玉輦) | 임금이 거동할 때 타고 다니던 가마. 옥으로 된 덮개에 붉은 칠을 하고 황금으로 장식하였으며, 둥근기둥 네 개로 작은 집을 지어 올려놓고 사방에 붉은 난간을 달았다.

며 말했다.

"과인이 어리석어 역적의 말을 듣고 충신을 먼 곳으로 귀양 보냈으니, 무슨 면목으로 경을 대면하리오. 그러나 지나간 일이니 따지지 말기로 합시다."

연왕은 다른 처소에 있다가 장부인이 금덩을 타고 오는 것을 보고 마음이 공중에 붕 떠서 충렬이 나오기를 고대하였다. 유원수는 황제를 물러나와 부왕父王 앞에 엎드려 아뢰었다.

"불효자 충렬이 남적을 물리치고 오는 길에 회수에 당도해 제사를 지내다가 하늘의 도우심으로 어머님을 만나 모시고 왔습니다."

연왕이 반가움을 이기지 못하고 물었다.

"너의 어머니가 어디 오느냐?"

연왕의 말소리에 장부인이 휘장 밖에 있다가 반가운 마음을 어찌 하지 못하고 정신없이 들어가나, 연왕이 장부인을 붙들고 말했다.

"그대가 분명 장상서의 따님인가? 죽어 멀고 먼 황천길 갔던 사람도 살아오는 법이 있는가? 회수의 넓은 물속에 빠져 백골이 되었을 때 어떤 사람이 살려왔는가? 뉘 집 자손이 모셔왔는가? 충렬아! 네가 분명 살려왔느냐?"

북방 천리만리 호국에 잡혀가 죽게 됐던 유심이 만경창파 회수에서 십 년 전에 잃은 장씨를 다시 만나고, 일곱 살 난 자식을 환란 중에 잃었다가 이렇듯이 다시 만나 영화를 볼 줄을 꿈에라도 생각했겠는가! 장부인이 석장동 마철의 집에 잡혀갔던 일과 옥함을 가지고 밤중에 도망하여 노파의 집에서 화를 당했던 일이며 옥함을 물에 넣고 죽으려하다가 활인동 이처사에 의해 살아난 일 등을 낱낱이 이야기하며 즐거워하니, 그 마음을 어찌 헤아릴 수 있으리오.

유원수가 곁에 앉았다가 말했다.

"소자가 가달국에 갔을 때 적진의 선봉 마철 삼 형제를 한 칼에 베어 어머니의 원수를 갚았습니다."

백칠십일

이 말에 연왕과 장부인이 못내 즐거워했다.

황제를 모시고 성안으로 들어오니 조정의 신하들이 모두 자식을 만나게 된 것을 치하하며 하례賀禮하니, 그 말을 어찌 다 기록하겠는가.

황후와 태후가 장부인과 강낭자를 들어오게 하여 그동안 겪었던 일들을 낱낱이 물으니, 장부인과 강낭자가 고생한 말을 자세히 아뢴 후, 서로 울며 치하하기를 그치지 않았다.

태평성대

유원수는 황제와 부왕을 모셔 황극전皇極殿에 자리를 잡게 하고는 오국 사신들의 인사를 받고 그 죄를 물었다. 그런 후 옥관도사를 잡아들여 계단 아래에 무릎을 꿇게 하고 따져 말했다.

"간사한 도사 놈아! 네가 천지조화天地造化의 재주를 정한담에게 가르쳤느냐? 신기한 영웅이 황성 안에 있는 줄은 알았는데 광덕산에서 살아나 너 죽일 줄은 왜 몰랐느냐? 네가 예전에 정한담에게 '천년 만에 한 번 온 기회이니 급히 공격하여 때를 잃지 말라.'고 했다는데, 어찌 조그만 유충렬을 못 잡아서 너희 놈들이 먼저 다 죽게 되었느냐?"

도사가 말했다.

"싸움에서 진 장수는 용맹을 말할 수 없는 것이니, 무슨 말을 하오리까. 이 모두가 하늘의 뜻입니다. 소인이 신기한 술법을 배워 전장에 나올 때, 사해의 신장과 대명국 강산의 신령, 온갖 귀신과 도깨비 등 천지가 만들어진 이후의 모든 신장과 귀신들을 다 불러내어 나를 따르게 했습니다. 또한 하늘로 오르고 땅으로 들어가고 산을 만들고 바다를 만드는 등의 무궁한 조화를 부리기도 했습니다. 그런데 그 중에 유독 서해 광덕산 백룡사에 있는 노승과 남악 형산 화선관이 소인의 명령을 쫓지 아니하기에 이상하게 여겼더니, 지난 날 유원수와 싸우

면서 병법을 보니, 갑주와 창검도 천신의 조화이거니와, 백룡사 노승은 유원수의 오른편에서 옹위하고 남악 형산 화선관은 왼편에 시위하고 있으니, 소인인들 어떻게 할 수가 있겠습니까? 형세가 이렇게 될 줄을 알았으나 어쩔 도리가 없었으니, 죽는다 해도 무슨 한이 있겠습니까?"

유원수는 마음속으로 그놈의 재주에 탄복했으나, 군사를 재촉하여 황성의 저잣거리에서 처형했으며, 오국의 사신들도 각각 돌려보냈다. 황제는 황성 동문 밖의 인가를 다 헐어 별궁別宮을 지은 후에 유원수를 지내게 하고, 각각의 벼슬을 돋우어 주었다. 산동 육국에서 들어오는 세금은 모두 다 연왕이 거두게 하고, 유원수에게는 남평과 여원 두 나라의 옥새를 주고 남만 오국이 바치는 녹祿을 모두 차지하도록 했다. 또한 대사마 대장군 겸 승상 벼슬을 내려 나라 안의 모든 일을 다 맡기고 곁을 떠나지 못하게 했다. 장부인은 정렬부인 겸 연국왕후로 봉하여 경양궁에 살게 했다. 강승상은 달왕의 벼슬을 내려 빈사지위*에 있게 했다. 강부인은 정숙부인 겸 언성왕후로 봉하여 봉황궁에 살게 했다. 활인동 이처사는 간의태부諫議太夫 도훈관都訓官에 이부상서를 겸하여 육조*를 다스리게 했다. 영릉 관비 연심은 남평왕의 후궁으로 봉하여 인성왕후 직첩을 주고 봉황궁에서 강부인을 모시게 했다. 나머지 여러 장수들에게도 차례로 벼슬을 돋우어 주었다.

---

* 빈사지위(賓師之位) | 제후에게 손님으로 대접받는 학자의 지위.
* 육조(六曹) | 국가의 정무(政務)를 나누어 맡아보던 여섯 관부(官府). 이조, 호조, 예조, 병조, 형조, 공조를 이른다.

남국에 잡혀가 강승상을 부모같이 섬기던 조낭자는 다른 사람이 아니라 술 한 잔 받아들고 유원수께 예를 올리던 노인의 딸이었다. 그 노인을 불러 서로 만나게 한 후에, 조낭자를 남평왕의 우부인으로 봉하고, 그 오라비를 총융대장으로 삼아 그 아비를 봉양하게 하니, 위 아래 모든 백성이 황제의 은덕을 칭송하는 소리가 천지를 진동했다. 이 아니 태평성대인가!

'국가'와 '가족', 『유충렬젼』에서 읽어내야 할 두 개의 키워드

군담소설로서의 특성

『유충렬전』은 조선시대에 창작된 많은 소설 가운데 영웅소설 혹은 군담소설 유형으로 분류되는 작품입니다. 주인공의 비정상적인 출생, 성장 과정에서의 시련과 극복, 영웅적 투쟁과 화려한 승리로 짜여 있는 작품의 구조를 중시할 경우에는 영웅소설이라 하고, 영웅적 주인공이 중국을 침입한 외적을 군사적인 대결을 통해 물리치는 내용을 중시할 경우에는 군담소설이라 합니다. 『유충렬전』은 영웅소설의 구조를 잘 갖추고 있을 뿐만 아니라 외적의 침입에 의해 조성된 심각한 위기 상황을 군사적 대결로 극복하는 영웅적 주인공의 활약이 비중 있게 그려져 있어, 영웅소설 혹은 군담소설의 전형적인 작품으로 평가받고 있습니다.

군담소설로서의 『유충렬전』의 면모는 이야기를 시작하는 독특한 방식을 통해서도 알 수 있습니다. 군담소설로 분류되는 작품은 대부분 영웅적 주인공의 출생 배경으로부터 이야기를 시작합니다. 아버지의 가계家系, 벼슬에서 물러나 낙향落鄕한 처지, 아이를 갖게 해 달라는 간절한 기도와 신비로운 출생 등이 군담소설의 시작 부분을 이루는 일반적인 화소話素입니다. 그런데 『유충렬전』은 이와 달리 중국 황제가 창해국의 사신使臣인 임경천에게 자신의 근심을 토로하는 내용으로 시작됩니다. 황제가 걱정하는 일은 주변국(외적, 오랑캐)의 침략 위협으로, 황제는 이에 대처하고자 도읍을 옮기려 합니다. 그러나 임경천은 도읍을 옮길 필요가 없다고 아룁니다. 조만간 신기한 영웅이 태어나 나라를 지켜줄 것이라 말하며 황제를 안심시킵니다.

이야기의 서두를 이렇게 시작하는 것은 물론 중국을 침입한 외적에 의해 조성되는 위기 상황을 영웅적 인물의 활약에 의해 극복해 나가는 중심 내용을 암시하기 위해서입니다. 중국을 침입한 외적에 의해 위기가 조성되고 영웅적 주인공이 이 위기를 타개하여 중국을 중심으로 한 수직적 질서를 복원하는 것은 군담소설 유형에 속하는 작품이라면 반드시 갖추고 있는 보편적 내용입니다. 『유충렬전』의 서두는 이러한 군담소설의 보편적 내용을 압축해서 암시하고 있으며, 실제로 『유충렬전』은 이 암시대로 그렇게 이야기가 전개됩니다.

하지만 『유충렬전』의 독자적인 특성은 외적의 침입에 의해 조성된 위기에다가 정한담이라는 간신의 반역을 중첩시켜 위기를 더욱 고조시키고 있는 점에 있습니다. 또한 간신과 외적을 평정하는 영웅적 투쟁의 기나긴 과정을 흩어져 고난에 처해 있는 가족과의 만남의 과정으로 그려 나가 감격을 더욱 고조시키고 있는 점에 있습니다. 『유충렬전』을 읽었던 당시의 독자들은 고조되는 위기에 절망감에 빠지기도 하고, 영웅적 활약과 감격적인 상봉에 환호하기도 했을 것입니다. 『유충렬전』이 가장 널리 읽혔던 군담소설 작품 가운데 하나인 이유가 여기에 있습니다.

현실 옹호인가, 현실 비판인가

『유충렬전』은 군담소설의 보편적 내용을 그려 나가면서 그 안에 조선 후기의 역사적 경험을 일정하게 반영하고 있는 작품입니다. 외적인 토번과 가달이 조공朝貢을 바치지 않는 상황에서, 토번과 가달을 정벌하는 문제를 놓고 벌이는 유심과 정한담의 논쟁은, 흡사 병자호란 당시에 벌어졌던 척화론斥和論과 주화론主和論 사이의 논쟁을 떠올리게 합니다.

정한담은 황제의 위엄과 자신의 공명을 위해 토번과 가달을 치겠다고 하고 유심은 이에 반대합니다. 유심이 반대하는 이유는 토번과 가달이 강하기 때문에 오히려 백성만 죽게 할 뿐이라는 것입니다. 병자호란 당시 주화론을 주장했던 사람들이 청나라가 강하므로 맞서 싸우지 않는 것이 옳다고 했듯이, 유심 또한 강한 외적을 자극하여 오히려 큰 손해만 볼 뿐이라는 논리로 반대했던 것입니다.

　청나라의 침략을 당했던 인조 당시에는 주화론이 받아들여졌습니다. 하지만 효종 이후에는 청나라를 정벌하자는 북벌론北伐論이 내세워졌고, 척화론을 주장했던 사람들이 옳다는 생각이 대세를 장악하게 되었습니다. 주화론이 옳으냐, 척화론이 옳으냐를 객관적으로 판단하는 것은 매우 어려운 일이지만, 『유충렬전』에서는 주화론이 옳은 생각으로 내세워지고 있습니다. 척화론을 주장한 정한담은 외적과 결탁하여 반역한 역신으로 그려지고, 주화론을 주장한 유심은 충신으로 그려지고 있는 것에서 주화론을 긍정하는 생각을 읽어낼 수 있습니다.

　명나라에 대한 의리를 강조하면서 청나라와 적극적으로 교류하지 않았던 조선 후기의 시대적 분위기 속에서, 『유충렬전』이 주화론을 긍정하는 입장을 표명하고 있는 것은 참으로 주목할 만한 것입니다. 이는 당시의 시대적 동향에 대한 비판적인 의식을 드러내고 있는 것이기 때문입니다. 조선시대 사대부들은, 소설은 역사적 사실을 사실대로 기록하지 않아 읽을 가치가 없다고 여겼는데, 대다수의 사람들이 믿고 따르던 지배적인 통념을 역사적 사실이라고 말한다면, 이러한 역사적 사실에서 벗어난 생각을 표현할 수 있는 것이 진정한 소설의 가치임을 『유충렬전』은 보여 주고 있습니다.

　현실에 대한 비판의식은 황제를 무력하고 나약한 존재로 그리고 있는 것에서도 발견할 수 있습니다. 『유충렬전』에서 황제는 외적의 침입과 역신의 반역에 대처할 아무런 능력도 지니지 못한 무력한 존재로, 위기에 처해서는 탄식만 하다가 겁에 질려 기절하는 나약한 존재로 그려져 있습니다. 뿐만 아니라 황제는 충신과 간신을 구별하지 못해 충신을 멀리 내치고 간신을 신임하는 어리석은 인물로 묘사되고 있습니다.

　유충렬은 위기에 처한 황제를 구한 후 충신과 역적을 구별하지 못한 황제의 처사를 비난합니다. 그러나 아무리 특수한 상황이라 하더라도, 현실에서는 황제의 면전에서 황제를 직접적으로 비난할 수 없습니다. 이는 황제의 권위를 부정하는 일이므로 반역의 행위에 해당되기 때문입니다. 그렇기에, 황제에 대한 이러한 힐난을 현실에 대한 비판의식에서 비롯한 것이라 판단할 수 있으며, 그 비판의 정도 또한 매우 강렬한 것이라고 말할 수 있는 것입니다.

　그렇다고 해서 『유충렬전』이 현실의 질서를 부정하고 새로운 세상에 대한 꿈을 펼쳐 보여 주는 작품이라고 생각해서는 곤란합니다. 아니 오히려, 대부분의 군담소설이 그렇듯이, 『유충렬전』 또한 중국과 황제를 정점으로 수직적으로 질서화 된 기존의 현실을 철저하게 옹호하는 작품이라 파악하는 것이 온당합니다. 주화파를 긍정하는 의식을 드러내고 있다고 해서 외적인 오랑캐를 차별하는 의식으로부터 벗어난 것은 아니며, 황제를 비판한다고 해서 황제를 중심으로 한 수직적 질서를 부정하고 있는 것은 아닙니다. 유충렬의 영웅적 활약은 기존의 질서를 전복하고자 하는 외적과 역신을 물리쳐, 흔들리고 있는 기존의 질서를 더욱 굳건하게 만드는 것이었으며, 따라서 현실에 대한 비판의식이 부분적으로 반영되어 있다고 해도 본질적으로는 기존 현실을 옹호하는 보수적인 성격의 작품인 것입니다.

고난 그리고 가족애

『유충렬전』이 새로운 세상에 대한 꿈을 펼쳐 보여 주는 작품은 아니라고 했지만, 그렇다고 해서 작품 속에서 이상적인 현실에 대한 소망을 전혀 드러내지 않는 것은 아닙니다. 『유충렬전』은 다른 군담소설에 비해 고난을 경험하는 인물들의 수가 훨씬 많을 뿐만 아니라 이들이 경험하는 고난이 크게 확장되어 있는데, 이를 통해 '가족애'와 '평화'의 소중함을 우리들에게 확인시켜 주고 있습니다.

『유충렬전』에서 고난을 경험하는 인물은 매우 다양합니다. 위로는 황제와 유심의 가족으로부터 아래로는 하층의 백성에 이르기까지 많은 인물이 심각한 고난을 경험합니다. 황제와 그 가족의 고난은 역신의 반역과 외적의 침입에 의해 야기됩니다. 외적이 침입하자 정한담은 오히려 외적과 내통하고 황제를 몰아냅니다. 황제는 황성을 침범한 정한담에게 죽을 위기에 처하게 되고, 황후와 태후는 외적에게 잡혀가 토굴 속에 갇히는 절망적인 상황에 처하게 됩니다.

유심과 그 가족의 고난은 정한담의 정치적 박해로 인해 야기됩니다. 유심은 정한담의 주장에 맞서 기병불가론을 주장하다 연경으로 유배 流配당하며, 장부인은 정한담의 추적을 피해 도망하다 수적水賊 마용에게 붙잡혀 가고, 어린 유충렬은 물에 내던져져 죽을 위기에 처하게 됩니다. 모두가 삶의 근거를 송두리째 잃어버릴 정도로 심각한 고난에 빠지게 됩니다.

유충렬의 처가인 강승상 일가도 정한담에 의해 혹독한 고난을 경험하게 됩니다. 정한담을 탄핵하는 상소를 올린 강승상은 유심처럼 유배를 당하며, 그 부인은 금부도사에게 압송되는 도중에 청수에 뛰어들어 스스로 목숨을 끊고, 강낭자만이 홀로 금부나장의 도움으로 도망합니다. 강낭자는 어쩔 수 없이 관비官婢의 수양딸이 되어 하루하루를 괴롭게 살아갑니다.

하층 인물의 고난은 한 백발노인 일가를 통해 드러내고 있습니다. 전란戰亂을 평정하고 도성으로 귀환한 유충렬 앞에 한 노인이 절하며 다음과 같이 말합니다.

소인은 동성문 안에 살고 있습니다. 삼대독자三代獨子의 몸으로 다행히 아들 둘과 딸 하나를 낳아 귀히 길러 모두 잘 자랐습니다. 그런데 만고역적 정한담이 난리를 일으켜 용상에 높이 앉아 스스로 황제라 하면서 백성을 도탄塗炭에 빠뜨리고, 소인의 아들 두 놈을 다 끌고 전쟁터로 데려가 자식 하나를 죽였습니다. 옥황상제께서 우리 남경을 도우시어 장군님을 남경에 점지하여, 장군님께서 도적의 진중에 달려들어 적장 정문걸을 단칼에 베고 천자를 구하셨습니다. 소인은 남은 자식을 성안에 그대로 두었다가는 정한담에게 죽을 것이라 생각하여 한밤중에 중군 조정만에게로 도망가게 하였습니다. 장군님 진중으로 보내고 북두칠성을 바라보며 밤마다 '우리 장군님 이 싸움에서 이기게 해주옵소서.' 빌었더니, 장군님의 힘을 입어 우리 명나라 군사들은 하나도 다치지 않고 돌아왔습니다. 소인의 남은 자식이 살아와서 이 손자를 두었으니, 이놈은 장군님의 자식과 다름이 없습니다. 이제는 소인이 죽어도 백골을 묻어줄 자식이 있고 조상의 제사를 받들 손자가 있사오니, 이는 모두다 장군님의 덕이옵니다. 소인이 죽을 날이 멀지 않았으나 다만 술 한 잔을 장군님 전에 올리니 만세무강 하옵소서. 소인은 이제 죽어도 여한이 없습니다.

백발노인의 말에서 알 수 있듯이, 이 노인은 정한담이 일으킨 전란으로 인해 아들 둘을 모두 잃을 뻔했습니다. 노인의 말에는 나타나 있지 않지만, 노인의 딸 역시 전란의 와중에 외적에게 끌려갔습니다. 강승상을 모시고 있던 조낭자가 이 노인의 딸이었던 것입니다. 유충렬이 강승상을 구하러 갔을 때, 곁에 있던 조낭자는 다음과 같이 말합니다.

장군님이 어찌 알고 와서 죽은 사람을 살려내어 고국산천을 다시 보고 부모 동생 다시 보게 하니, 이런 일이 또 있겠습니까. 폐하께서도 살아 계시옵니까?

백발노인이 자신의 가족을 지켜준 은혜에 감사했듯이, 그의 딸인 조낭자 또한 살아서 고향으로 돌아가 부모, 동생을 다시 볼 수 있게 된 것에 감격해하고 있습니다. 유심이 전쟁을 일으켜서는 안 된다고 반대할 때, 백성의 고통을 지적한 바 있는데, 백성의 고통이란 죽음뿐만 아니라 전란으로 인해 삶의 근거를 잃고 가족의 울타리에서 벗어나는 것이기도 하다는 것을 『유충렬전』은 우리에게 말해 주고 있습니다.

가족에 대한 특별한 감정을 드러내는 것은 상층의 인물들도 예외가 아닙니다. 앞서 말했듯이, 유충렬은 적에게 항복해야 할 위기에 처한 황제를 구한 후, 황제 앞에서 통곡하며, 아비의 원수를 갚기 위해 전장前場에 왔다고 말합니다. 위기에 처한 황제를 구했지만, 황제를 구하기 위해서가 아니라 아비의 원수를 갚으러 왔다는 것입니다. 결국 황제를 구한 것도, 나라를 구한 것도 그 행위의 바탕에는 가족애가 자리 잡고 있었던 것입니다.

황제 자신도 가족관계를 회복하고자 하는 바람을 강하게 표출하고 있습니다. 황제 또한 통곡하며 유충렬에게 다음과 같이 말합니다.

이 몸이 하늘에 죄를 짓고 나라를 망하게 하였다가 충신인 그대를 얻어 회복되게 되었도다. 그러나 부모와 처자를 오랑캐 놈에게 보내고 나 혼자 살아서 무엇 하겠는가. 천하를 그대에게 전하니 그리 알라. 과인은 이제 죽어 혼백이나마 호국에 들어가 모친을 만나보게 된다면 황천黃泉에 들어가도 남은 한이 없으리라.

이 같은 황제의 말은, 비록 매우 감정적인 상태에서 행해진 것이지만, 황제로서 할 수 있는 말은 아닙니다. 어머니와 처자가 오랑캐에게 잡혀갔으므로 황제의 자리에서 물러나 목숨을 버리고 혼백이나마 오랑캐 땅으로 가서 이들 가족을 만나겠다는 것입니다. 가족의 안위를 걱정하는 그 마음이야 모를 바 아니지만, 일국의 황제가 어떻게 이런 말을 할 수 있겠습니까? 황제가 이런 말을 할 수 있는 것으로부터도 『유충렬전』이 가족관계의 회복에 대단한 서사적 관심을 기울이고 있는 작품임을 알 수 있습니다.

황제만이 나라를 버리고 가족을 찾겠다고 한 것이 아닙니다. 유충렬도 황제를 구한 후 가족을 구하러 왔다고 했으며, 백발노인도 자신의 가족을 보전하게 된 것에 감사하고 있습니다. 조낭자 역시 부모, 동생을 다시 보게 된 것을 앞세워 말하고 있습니다. 황제의 안위는 그 다음입니다. 오히려 '나라' 보다도 '가족' 을 더 소중하게 생각하고 있다고 해도 과언이 아닙니다.

다른 군담소설과는 달리 여러 인물의 고난을 심각하게 그려낸 것을 『유충렬전』의 특징이라 했습니다. 특별히 『유충렬전』에서 이토록 여러 인물의 고난을 심각하게 그리고 있는 이유는 바로 가족으로부터 이탈된 삶의 고단함을 극명하게 보여 주기 위함입니다. 외적의 침입과 간신의 반역을 물리쳐 나라를 구한 뒤, 가족을 구하고 상봉하는 후반부를 비중 있게 그리고 있는 것 역시 가족을 무엇보다 소중하게 생각하는 의식을 드러내고 있는 것입니다.

반전反戰과 평화

유충렬의 영웅적 능력에 의해 평화가 다시 찾아왔습니다. 평화로운 세상은 무너진 구질서, 해체된 가족관계가 회복됨으로써 이루어졌습니다. 『유충렬전』은 중국이 세계의 중심이 되는 질서, 황제가 인간의 중심이 되는 국가적 질서로부터 벗어나지 못하고, 여전히 그 질서를 복원하였습니다. 하지만 그러한 서사적 얼개의 사이사이에 강렬한 가족애의 메시지를 전하고 있습니다. 그리고 그 가족애의 메시지는 중국과 황제로 대표되는 국가의 우선적, 절대적 가치에 도전하고 있습니다.

하지만 이러한 가족애의 메시지를 새로운 질서를 소망하는 꿈으로만 읽어내기는 어렵습니다. 왜냐하면 그것은 중세 사회를 움직여 온 가족주의의 범위를 크게 벗어나지 않는 것이기 때문입니다. 그렇다 하더라도 『유충렬전』의 가족애는, 국가의 우선적·절대적 가치에 도전하고 있는 것만으로도, 우리에게 새롭게 인식되어야 할 소중한 의미인 것은 분명합니다.

『유충렬전』의 가족애는 우리에게 전란에 의해 초래되는 고통의 무게를 실감하게 합니다. 전란은 가족을 파괴하며, 가족으로부터 이탈된 삶은 극히 고통스럽습니다. 더욱이 그 전란이 아무런 명분도 없는 것이라면, 그 고통은 더욱 감내하기 어려운 것입니다. 중국을 침입한 외적이나, 황제에 반역한 간신에게서 자기중심적인 이익을 탐하는 것 이상의 동기를 발견할 수 없을 때, 그 전쟁은 더욱 고통스러운 기억일 뿐입니다. 『유충렬전』의 독자는 유충렬이라는 영웅적 인물이 그 고통스러운 기억을 하나하나 지워나가는 것에 환호했던 것이며 그 고통스러운 기억을 안겨준 외적과 역신에 대해 지나칠 정도의 증오를 표출했던 것입니다. 그 환호는 평화로운 삶에 대한 환호이며, 그 증오는 일상의 삶을 파괴하는 전란에 대한 증오였던 것입니다.

『유충렬전』의 서지

대부분의 군담소설이 그렇듯이, 『유충렬전』 역시 작자가 누구인지 알 수 없습니다. 또한 언제 창작되었는지도 정확하게 알 수 없습니다. 17세기나 18세기 초에 창작된 작품일 것이라 추정하는 견해도 있으며, 19세기 중엽 이후에 창작된 작품일 것이라 추정하는 견해도 있습니다. 그래서 대체적으로 조선 후기에 창작된 작품이라 말하는 것입니다.

　『유충렬전』은 많은 종류의 이본異本이 전해지고 있는 작품입니다. 하지만 여러 이본들 사이에 큰 차이가 있는 것은 아닙니다. 여기에 소개한 텍스트는 완판본 『유충렬전』입니다. 하지만 원래의 모습 그대로는 아닙니다. 그 내용은 원래대로 충실히 전달하면서, 오늘날의 독자가 이해하기 쉽게 문장을 가다듬은 것입니다. 어렵겠지만, 원래의 모습 그대로를 감상하게 되면, 고전소설로서의 『유충렬전』의 묘미를 더욱 구체적으로 경험할 수 있을 것입니다.